JN171463

こどもスケッチ
文と絵
おーなり由子
750

はじめに

こどもが生まれてから、日常がぐるんと変わった。
あたらしい命は、大風みたい。
わたしはちっともしらなかった。
白くひかる大風。
吹き込んできたとたん、それなりに整頓して積まれていた日常は、
ぶおおおん！と、天高くふきあげられて、ばらばら。
落ちてきた時には、みんな、なんだか色とりどり。
「おめでとう！」の紙吹雪とともに、散らばって、点滅して、
世界は、大騒ぎのおもちゃ箱になった。

それからというもの、賑やかなおもちゃ箱の中で暮らしている。こどもと一緒に大きなおもちゃ箱を、ぐるぐるとかきまぜるような毎日。かきまぜていると、いろんなものが飛び出してきて、びっくりしたり、笑ったり。逃げ出したくなったり、涙したり。言葉なんかどこかに行ってしまった。

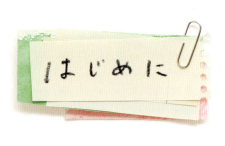

こどもは遊ぶ気まんまんで生まれてくる。だから目に映るものは、ぜーんぶおもちゃ。遊ぶもの。どんぐりも石ころも、しゃもじも、ごはんつぶも、ビニール袋も、ぱんつも、水たまりも、雨も、雲も、月も――

ひっぱり出して、遊んで、壊して、ほうりなげて。食べて、遊んで、眠って。こどもを見ていると、ひょっとして人間は、いろんなことをして遊ぶために、この世に生まれてくるのかもしれない、と思ってしまう。

おもちゃ箱の底に――

たまにひかる宝物をみつけて、花が咲いたような気持ちになる。親になった自分のそばに、こどもの時の自分がぼんやりと立って、すうっとまた消えたりもする。こどもとの時間が、わたしのこともかきまぜて、ゆさぶる。

世界が知らない色で埋めつくされ、暗い色が暗く、明るい色が明るく、気持ちのコントラストがひかるように際立って、とても鮮やかで――。

この本は――そんないろいろの、スケッチです。

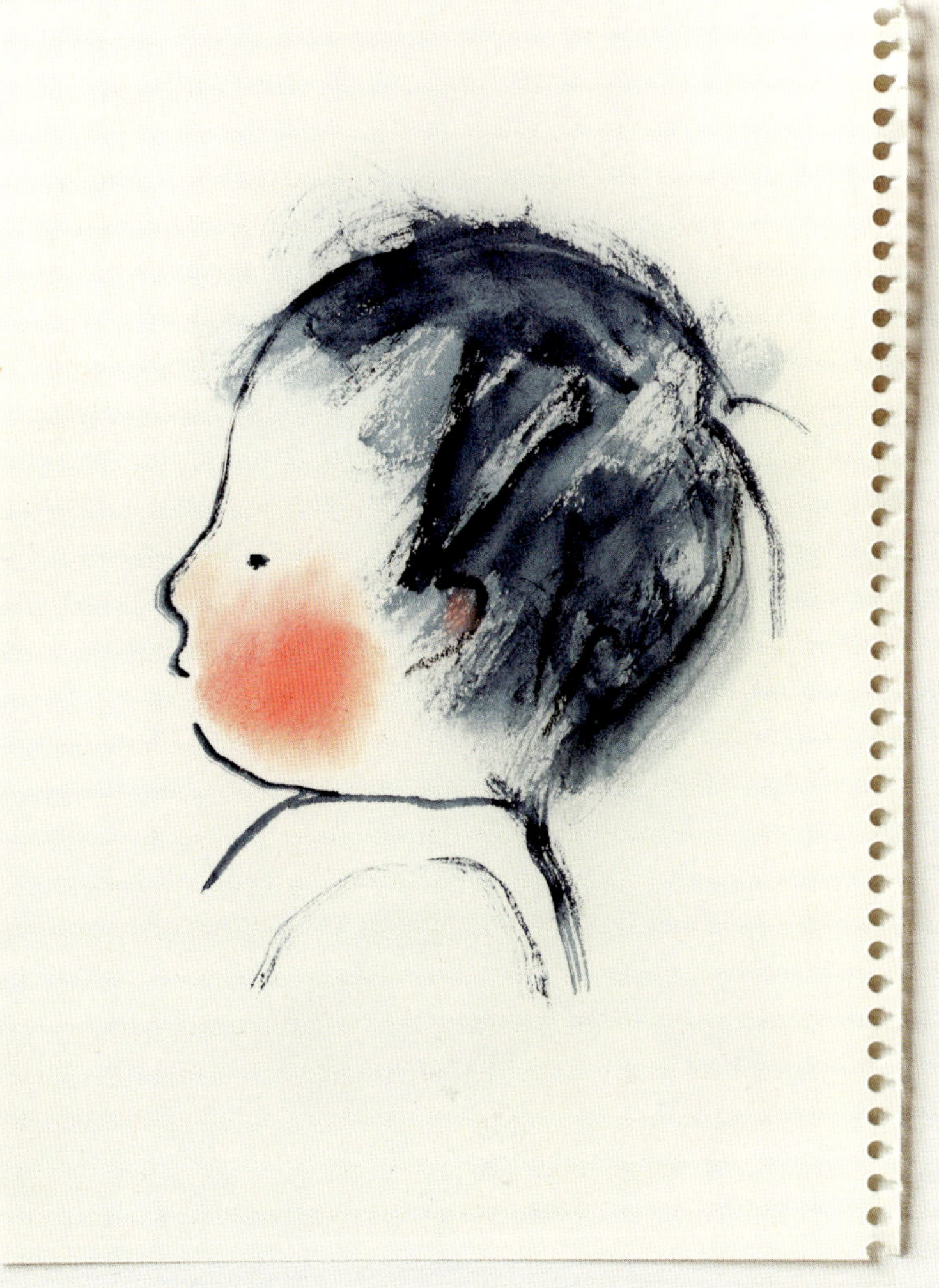

こどもスケッチ

もくじ

1. おもちゃ箱ぐらし

おもちゃ箱ぐらし

おもちゃ箱の中で暮らしている。

どんなふうかというと——

息子が鍋をたたいて遊んでいるしゃもじを「かしてね」と、もらってから、ごはんをよそう。玄関に落ちている茶漉しをひろって、紅茶をいれる。トイレに入ると、ボールが転がっている。新しいシーツをかけるたび、ふわりともぐりこんでくる子と、しばらく遊んでから、ふとんを敷く——などなど。生活がみーんな遊びになるもんだから、楽しいと大変が、ごちゃまぜのカオス。特にうちでは、2、3歳の頃、散歩のたびに、息子がいろんなものをひろうのにはまってしまい、家の中のカオスが加速した。

「——いいもの、あった！」

思えば、はじめて息子が道端に落ちていた大きな釘をひろった時、わたしがうっかり「かっこいいねえ」と、言ってしまったのがきっかけだったかもしれない。以来、散歩に行くたび、ひろったものはぜんぶ大切そうにポケットに押し込まれ、目をきらきらさせて、またひろっては、「もってかえる！」——となった。

石ころや木の実なら、かわいらしくていいのだけれど、大事なそれは——

ひからびたミミズ、大きなセメントの破片や、砂まみれのビービーだん。踏まれたポ

ケットティッシュ、長すぎる棒（！）などなど。「置いていこうよ」と言いたくなるものもいっぱい。散歩中、「あった！」を連発しては、ひろう。持てなくなったら、わたしに渡す。そうして毎日のように、つぎつぎと家の中にがらくたが運び込まれてくる。

気がつくと、洗面所には、さびた釘とへしゃげたビンのフタ。台所には、土まみれのタイルの破片、玄関に人生ゲームの人形、グルグルのコイル――中には、よくこんなものが落ちていたなあ、と感心するものもあるけれど、たいていはゴミそのもの。これが大人で美術家なら、作品になるだろうか。それにしても、とっても大事そうだから捨てづらく、迷っているうちに家のあちこちにゴミのオブジェがきりなく置かれていく。どうしていいものやら悩ましい。

だけど、ある日の散歩のあとのこと。息子が昼寝している間に玄関を片付けていたら、さっき道でひろった絵のちぎれたシールが置いてあった。何かのアニメの顔がびりびりと破れて、半分しかない。ひろい物の中でも、トップクラスの意味のなさ。

「これもう、顔ちゃうやん」

と、ひとりでつっこんで、ふわーっとした気持ちで見つめていた時、急に、わたしの目が息子の目になった。そして――あっ、と思った。

その一瞬――わたしにも子ども界からシールが見えたのだ。

すごい！　息子は、本気の本気で、これが宝物なんだ。ひかって見えてるんだ。だって、これが宝物なら、この世界は宝物だらけではないか――。

なんだか、知らない世界に一瞬で連れていかれたような、不思議な気持ち。くやしいけど、わたしには破れたシールはひかって見えない。同じ場所に生きているのになあ。ちょっと切なくなったあと、急にうらやましいような気持ちになった。がらくたたちがひかって見えた。がらくたも、ごみも、ちいさい子の手のひらの上で、だいじな宝物に変わる。大切にひろいあげると、どんなものもひかりはじめる。

わたしは、おもしろいような気持ちになって、びりびりのシールを、そっとかざってみた。「ふーん」と、しみじみ眺めてみたりして。

ふりかえると、散歩に疲れて、ふとんでぐっすり眠る息子。

よく見ると、背中がもこもことふくらんでいる。なんだろう?と、さわったら、どんぐりが、ころん。裾から転がり出た。背中に手をつっこむと、また、ころん、ころん。いくつも出てきて、ふとんの上はどんぐりだらけになった。そういえば公園で、「もってかえる!」と言って、なぜか首からどんぐりをセーターに詰め込んでいたっけ。(裾にたまってたのが、寝返りしてる間に背中に回ったらしい。)

よくこんなどんぐりだらけの服で眠れるなあ。少し笑って、散らかったどんぐりのふとんで、わたしもあおむけに寝転がる。

大人になって、どんぐりのふとんで、ねむる日がくるなんてさ。

ちいさい手をさわると――ひかる気持ちが、砂金のように降ってくる昼さがり。

むかしのとびら

息子がおすわりの頃、家でふたりきりの時、こんなことがあった。

「ちょっと待っててね」

出かけようとした直前、息子を玄関に座らせて、忘れ物を取りに行った、その一瞬のこと——。

パリーン！

玄関で音がした。びっくりしてとんで行ったら、息子が大きなガラスの破片をつかんで、あーんと口に入れようとしているところだった。うっかり置きっぱなしだった牛乳瓶を、息子が投げて、こなごなにしてしまったのだ。

「だめーっ！」

とびついて、寸前で取り上げた。危機一髪。すごーく、こわかった。

無事に育てるには、もうひとり分、目がいるなあ、と心から思った。

恥ずかしいことに、こどもを持つまで知らなかったことがある。ひとりだけの目でこどもを育てるのは、ものすごく大変、ということだ。こどもは母親が育てるもの、と、なんとなく思っていたけれど、一対一では無理だということが、すぐにわかった。何でも触って口に入れる小さい人を危険から守るには、一日中、目が離せない。

目はひとり分しかないのに、みんなどうしてるんだろう。もしも母親が風邪でダウンなんかしたら、どうなるんだろう。母は強し、なんて誰が言い始めたのかな。

わたしは、ひとりの無力さを思い知った。

そんな頃、たまたま見たテレビで、日本人がどんなふうに子育てしてきたか、という「子育ての歴史」のような番組をやっていた。

中でもおもしろかったのは江戸時代の子育て。こどもは、ご先祖さまからの大切な「あずかりもの」。大切な家を次世代に引き継ぐ重要な役は、お産で亡くなることがある母親よりも、父親に責任があったという。びっくりしたのは、江戸の子育て本の9割が父親向けだったこと。幕末に駐日した英国人の本にも、男たちが上手に赤ちゃんをおんぶしてあやす絵が「ありふれた風景」として記されていた。

地域でこどもの命を守る知恵もいっぱいで、なんと、母親がいなくても無事に育つよう、「仮親」と呼ばれる人たちと義理の親子関係を結ぶシステムがあったそうだ。仮親には、妊娠中、戌の日に帯を巻いてくれる「帯親」、出産時の「とり上げ親」、産後二日後までお乳をくれる「乳親」と、役割もいろいろ。そういう「仮親」がいて、その関係は一生涯続くのだそう。

頼もしいなあ、江戸時代！

番組では、夫が外に働きに出て、家族や地域の形が変わっていく近代化の中で「妻が家を守り、夫に頼らずに、ひとりで子育てをやり遂げるのが素敵！」「良妻賢母、かっこいい！」というスタイルが流行って、経済成長と共に、その考えが広がっていく様子を現代まで追っていた。

なあーんだ。と、力が抜けた。目からウロコだった。

わたしが思い込んでいた子育てのあたりまえは、ほんの二、三世代前の「流行」から来ていたのか。元はただの「ハヤリ」だったなんて。

核家族の子育ての歴史は浅く、人は、もともと何百年もの間、集団で子育てをしてきた生き物だった。昔の人は、人間ひとりの弱さを知っていたんだなあ。

こどもと一対一の時間を減らそう。見守る目の数を増やそう。立派な母でなくていいや。江戸時代を見習おう。

わたしは、できるだけ母に来てもらい、夫に家で仕事をしてもらい、近所の人にお世話になったり、公園に行ったりした。こどもとわたし以外に、もうひとり誰かがいるだけで、気持ちが、ふわっと楽になった。

以来、昔にトリップして今を眺めてみるのが好き。大昔の扉の向こうに立って問いかけてみる。江戸時代はどうやってたのかな？　原始時代だったら、どうしてたかな？さらにさかのぼって、猿たちはどうやってるの？

むかし、むかしの扉の向こうに立つと、こどもを育てあげた幾億万の親たちが、ひかる星のように笑って、「だいじょうぶ！」「だいじょうぶ！」と、声をかけてくれるような気がして。

おうちカットの日

ちいさいこどもの髪の毛が好き。

やわらかくてへなへなで、やさしい色で。

くせ毛の子の、おでこまわりのくるんとした髪や、よく眠る赤ちゃんの、ハゲっぽくなっている後ろ頭の薄髪。汗でぺちゃんこになってはりついてる、耳まわりの髪。ふわふわのおくれ毛もかわいい。つい見とれてしまう。

——はじめて髪を切るのは、いつ頃だろう。

女の子なら、長くなるのを心待ちにするところだけど、うちは男の子なので歩き始めた頃には、「切らなくちゃなあ」となった。だんだん、おかっぱのようになってきて、これ以上のばすと、前髪も目に入るし、セミロングの女の子にしか見えない。だけど、床屋に行っても、じっとしているとは思えないから、家で切ることにした。

うまくできるかなあ、と不安に思いつつ、先の丸くなったハサミを買った。

そういえば、以前公園で、3歳ぐらいの——長い髪のかわいい女の子がいるなあ、と思ったら、男の子だったことがある。肩より長いさらさらヘア。「切るのがこわくて」と、お母さんが笑っていたけれど、わかる。うっかり切りすぎてしまいそうだし、ハサミでおでこや耳を傷つけないかとひやひやするもの。

はじめての散髪は、どきどきだった。わたしを信じきってるつぶらな目。これから、何をされるのか知らないから、にこにこ。頭をくりくり動かすので、ささっと切らないといけない。あー、キンチョウしてしまう！

ひとりではこわかったので、夫にだっこしてもらって、切ることにした。

おそるおそるハサミを近づけ、息を止めて……チョキン！

ふーっと一息。タイミングを計っている時間の方が切っている時間より長かった。

飽きないようにかわるがわるだっこして、歌ったりおもちゃでごまかしたりしながら、チョキン。また、チョキン。ようやく、どうにか、それなりに切ることができた。

床におちた髪は、頼りなく細く、陽に透けて、うす茶色。

「やわらかーい」

集めて手のひらにのせたら、ふわん、と羽根みたいだった。

以来、家で切るようになったのだけれど——それは、少し慣れてきた4度目のカットの時だった。息子が1歳半の夏。休みを取って実家に帰る前のこと。帰ったら法事もあって、遠くに住む親や、めったに会わない親戚にはじめて顔を見せるというのに、息子の髪はのび放題。時間がない中、しかたなく、ひとりでおうちカットをすることにした。ささっと切らなくちゃ！と、勢いよくジャキジャキジャキ——「あっ！」。

失敗した。一瞬の出来事である。

上の方から見おろして切ったもんだから、顔を上げた時、前髪が見事に短くなっていた。頭がちっちゃいから、1センチ切りすぎてもちんちくりん。ごまかそうとして、あちこちハサミを入れたら泥沼。まるでカッパ。なんともザンネンな髪型になってしまった。ああ、かわいそうに。よりによって帰る直前に、この姿とは。

夫には「カツラみたい」と言われ、がっくりきて友人に電話したら、

「あきらめ。もう、そのまんまや」

と、大笑いされた。

「本人はニコニコうれしそうやねんけどなあ」

と言うと、友人は、うくく、と笑いながら、

「それがまた、フビンやろー」

と言った。中学生の子を持つ友人は、昔似たような思い出があるのか、おもしろがって、ちっとも慰めてくれなかった。

電話を切ると、むこうから、よっこよっこと近寄ってくる哀れな息子。へんてこな髪型に、にっこにこの満面の笑みで、わたしの胸によじのぼってくる。

「ごめんなあ」

ぎゅっとだっこして髪をなでると、へいちゃらの笑顔。おめめ、きらきら。

情けなくておかしくて、いとしさ倍増。

幸せそうだから、いっか。

なぞのうた

♪たんもあ　きっかったー
たんもあ　きっかったー

これは、1歳半頃に息子がよく歌っていた、なぞの歌。

ちょうど言葉が出始めた頃、よちよち歩きながら、ひとりで楽しそうに歌っていて「なんの歌かなあ」と思っていた。

思えば赤ちゃんの頃は、しゃべるなんて、まるで想像できなかった。それは、犬や猫がしゃべることと同じぐらいの信じられなさ。泣いて、おっぱいのんで、眠って、うんち。泣いて、おっぱいのんで、眠って、うんち。毎日そのくりかえし。生まれたばかりの人間は笑うことさえ知らなくて、赤ちゃんは、すぐに笑うものだと思っていたわたしは、ちょっとがっかりした。

そういえば新生児の頃、時々寝言のように出す声（音）があった。それはまるで、海のイルカのような不思議な声。「くるる、くるる、くるるるる」と鳴る、超音波のような言葉。ちんまりと眠っているからだの奥から立ちのぼるように、小さなその声が聞こえると、おもしろくて耳をすました。なんだか、生まれる前にいた世界の言葉みたい。

どんなふうに笑うのかな。どんな声で話すのかな。

すごく楽しみで、すごく遠い気がしたっけ――。

赤ちゃんとの会話は、まったく言葉のない世界。しゃべるかわりに、ふれあう。やわらかいほっぺたをさわったり、そうっとだっこしたり、おしりをなでたり、うたったり。涙にはだっこ。あ、これは大人だって同じか。

それから、目も使う。赤ちゃんとは大抵いつも目が合うなあ、と思っていたのだけど、ある時、「あ、赤ちゃんが、いつもわたしを見てるからなんだ」と気がついて、うれしくて胸がぎゅっとなった。

言葉が通じないって大変だけれど、今思うと、赤ちゃんのおかげで、大人たちは言葉を使わないで気持ちをやり取りする方法を鍛え直されるのだ。

思えば、言葉って、うすっぺらいコミュニケーションなのかも――わたしは思った。一番たしかな方法を赤ちゃんは知っている気がして。お母さんたちのカンが鋭いのは、大昔、言葉を使わなかった頃の人間の感覚を呼び覚まされるからなのかもしれない。

そうして――

ある日突然、家の中にかわいい「声の噴水」がふきあがる。

言葉のはじまりは音。「キャーッ」だったり、「アォー」だったり。

まるで楽器！　鳥や猿の鳴き声みたい！

「こんなふうにはじまるの？」とわたしは感激した。息子は、からだからいろんな音が出ることが、楽しくてたまらないみたいで、朝から晩まで、叫びまくり、家中に雄叫びがキイキイこだました。すごく野生的。「ここは、ジャングル？」と言いたくなるワイルドさ。朝から晩まで、「キーッ」「きゃおー」。

まるで、「ここにいるよ、ここにいるよ！」と言うように、「みてて、みてて」と言うように、息子がいるところからは、いつも声が響いてくる。声が聞こえると家族は、息子のことを見たり、笑ったり、話しかけたりする。

——ああ。そうか、人は、声で誰かにさわりたいんだ。そして、ふりむいてもらったり、笑ってもらったり、いっしょにあそんだりしたいんだ。人はだから、話すようになったのかな。息子を見ていると、そんな気がした。

そうして、雄叫びの日々がしばらく続いた、ある夕方のこと。

わたしが台所の電気をパチンとつけた時、息子は突然、電球を指さして言った。

「——でんち（き）！」

おどろいて、胸がいっぱいになった。

「そうそう、でんき！」「これのこと？（電気を指さして）」「でんきやで」「でんき、でんき」と、なんども繰り返した。息子は、ものの名前と、わかって言ったのかどうか。だけど、言葉らしい響きに、やたら喜ぶわたしを見て、にこにこしていた。

ちいさいからだに、言葉の灯がともった夕暮れ。

そこらじゅうが、ほんとうに明るくなったようで——あたらしい花が咲いたようで。

そうして、その時から、毎日おもしろいように言葉が増えていったのだけれど、そんな頃、しょっちゅう歌っていたのが、冒頭のなぞの歌。

♪たんもあ　きっかったー
当時は「なんやろなあ」「最近この歌、ブームやな」と夫と顔を見合わせて笑っていたのだけれど、謎のまんま、いつのまにか忘れていた。それが、数か月たったある日のこと、同じメロディで、進化した言葉で聞こえてきたのだ――

♪たんもんまあーあ、と、ん、たーー
ちょうど、その遊びをしたあとだった。

あれだ――言葉の糸がぴーんとつながって、歌がふわりとうかんだ。

「――それ、しゃぼんだま！」

一緒にその遊びをするたびに、わたしが歌ってたっけ。言えないけど、ずっとまねして歌ってたんだ。言えないけど、このふわふわ浮かんでいる、まるいもののこと、ちゃんと知ってたんだ！

♪しゃーぼんだーまー　と、ん、だー
いっしょにうたえる日がきたよ。

はみがき童話

歯みがきのハナシ。

「あーんして。ほら、あーん」

乳歯がはえそろった頃、息子は歯をみがくのを嫌がった。悩みの種は、仕上げみがき。息子をわたしの膝にあおむけにして、「あーん」。

やさしく言ってみるものの、息子はちっとも口を開いてくれない。

わざとふざけたり、すぐにキュッとハブラシを噛んでしまう。力いっぱい噛まれるとこちらも身動きできない。噛んで、みがくのをやめさせようとするのだ。ハブラシを引き抜こうとすると、顔がついてくる。なんだか魚つりみたい。おかげでハブラシはあっというまに、ぼろぼろ。ぼーろぼろ。

うーん。口に何か入れられるのって、気持ちわるいのかなあ。

「みがかないと、虫歯になって、いたーくなるよ」などと脅かしても、虫歯になったことのない息子には、まったく説得力ナシ。今イヤなもんはイヤ。一瞬のうちに逃げてしまう。歯みがきはいつまでたっても終わらず、わたしは毎日、ためいきをついた。

ああ、この、眠る前のめんどうな歯みがきタイムよ。どうしてくれよう。なんか良い方法、ないかなあ。

ある時、いつものように口を閉じようとした瞬間、思いつきで、

「あっ！　今、口の中にくろーいムシバキンのコビトが、走っていった！」

　大げさにびっくりして言ってみた。そしたら「えっ」と息子。噛むのをやめた。

おっ、と思い、すかさず、

「あーあ、残念！　いまハブラシ噛んでたから、ムシバキンの退治でけへんかった。どっか行ってしもた……」

　くやしそうに言うと「どこ？　ムシバキン、みつけて！」と、息子。なんと、口を開けた。「じゃ、そのまま、あーんしてて。あっ、いた！　すぐやっつけるからね！」

　気が変わらないうちに、と超特急で、ささーっと、みがき終えた。

　――この作戦、なかなかいいかも。

　わたしは次の日から、息子がハブラシを噛もうとするたびに、「あっ！」と大げさに驚いて、「えっ！」となったところで、「朝のパンが出てきた！」「とろろこんぶが！」などと、食べたものを発掘するふりをしてみがくことにした。

　すると、歯みがきの時間になると、自分から「きょう、なにあるかなー」と言いながら、楽しそうに膝に寝ころんでくれるようになった。でも、ちょっとでもダレると、ブラシを噛んだり、ベロで押し出したり。そのたびに「あっ！」と叫んで気をひいてみがかなくてはならない。真剣勝負だ。

　でも、ある時、ついに飽きられ、ネタがつきてしまった。どうしよう。追い詰めら

れて苦しまぎれに、言った。

「うわ！　今、ちっちゃいネコが、走っていった！」

すると、

「えーっ。ネコぉ？」と、息子。うけた。

「うん、茶色の。今つかまえるから！　口あけてて。このっ」

などと言って、わたしは口の中のネコをハブラシで退治。

それからは「あ、コウテイペンギンが出てきた！」とか、「おさるのジョージが！」などと意外なことを言うと、笑って口を開けてくれるので、どんどんシュールな世界へとエスカレートしていった。

気がつくと、息子の口の中には、色んな住人たち。歯の隙間を出たり入ったりするネコや、ベロの上を滑るペンギン。歯の線路を走るトーマス。不思議な童話のような世界がひろがっていく。

そのうち、息子までが「あ、ライオンがでてきた」などと参加してくるようになって、ささっと終わらせるためだったのに「はいおわり！」と言っても、

「もっと！　もっと、やるー‼」

楽しいような、よけい大変なような、はみがき童話大作戦でした。

あしたってなあに

息子が2、3歳の頃、毎日のようにいろんなことをたずねられた。

たとえばこんなふう。

ある夜、お風呂からあがって、自分の腕をさわりながらきいてきた。

「ねえ、ソウ（自分のこと）って、なにで、できてるの？」

「えっ、なにでって……」

うーん。自分が何でできてるかなんて。禅問答のような大きな質問。腕をさわりながら質問してるってことは、からだのこと？ 肉とか骨とか、そんな答えでいいのかな、まともすぎるかな。心もあるしなあ。ええと、なんて言おう。

すぐに答えられなくて、立ち止まる。

こういう時、さっと楽しい答えを思いついたら良いのになあ、と思う。でも、たいていの質問は、身近すぎて考えたこともなかった！というものが多い上に、突然だ。世界は不思議だらけ。こちらも心がゆさぶられて、ちょっと嬉しいけれど――大人だって知らないことだらけ。うーんと、考えているうちに、また別の質問がとんでくる。

「――ここ、なんていうの？」

今度は手の親指と人さし指の間の、水かきみたいなひらひらを指さしている。

「えっ、そこ?.?.」

思わず言ってしまった。(そんなとこ、名前あるんやろか……。)

そして、たたみかけるように、今度は指の関節のしわを指さして、

「てのここって、なんでセンがあるの?.」

「線?.」

えーっと、線。ほんま変やなあ、この線。しわやけど。ええっと……。

――まともに答えられず。

だけど、急いで適当に答えてしまったせいで、よけい情けない結果になったこともある。たとえば、こんな、思いがけない質問で――。

「おかあさん、しろめとくろめって、くっついてるの?.」

だっこして自転車の椅子に座らせていたら、突然、まっすぐな目でたずねてきた。

「えっ……。くっついてるよ」

「くろめがとれたら、どうなるの?.」

「し、しろめだけになる……」(くろめがとれるって……?.)

「しろめがとれたらどうなるの」

「ええと、……めのとこに、あながあく」(わたし何言ってる?.)

「あなのむこうは、なにがあるの?.」

「あなのむこうは、ええと、ええと……」

どうしよう、こわすぎる！　後戻りできない世界に行ってしまう！

というわけで、やっぱり、ちゃんと考えた方が良い。

だけど、あたりまえのことを普通に答えているだけで、ただそれだけなのに、ひかるような気持ちになることもあった。たとえば——この質問。

「あしたって、なあに？」

何回もきかれた質問。眠る時、「あとは、あしたにしよう」などと言うと、かならず「あしたって？」ときかれた。ちいさい子らは、時間の感覚がまるでない世界に生きている。一日に何回も眠るし、一緒にいると一日が長く、こっちまで何日分も生きているような気持ちになる。ちいさい子には、今日も明日も明後日もなくて、今しかないのだ。

時間のない世界の住人に、おひさまを見ながら『きょう』や『あした』の説明をする。『あさ』や『よる』の説明をする。

「あのね、いまはよるで、おひさまがいなくて、まっくら。でもねむってるうちにおひさまがやってきて、あかるくなって『あさ』がくる。そしたら『あした』」

「あした、くる？」

「あしたって、ぜったいくるねんで」

「ぜったい？」

「うん、ぜったい」

そう答えた時、わたしは自分の言葉にはっとして泣きそうになった。
そうか。明日って、かならず、くるんだ。
世界は不思議だらけ。あたりまえのことなんて、なにひとつなく――。
「あしたって、なあに？」
明日は、かならずくるもの。
いいことを教えてもらったようで、すごく幸福な気持ち。

2. おとこのこ おんなのこ

だっこしたい

おとこのこって　なんでできてる?
かえるに　かたつむりに　こいぬのしっぽ
そんなもんで　できてるよ

おんなのこって　なんでできてる?
おさとうと　スパイスと　すてきな　なにもかも
そんなもんで　できてるよ

これは、イギリスの「※マザー・グースのうた」の詩。

これを読んだ時、わたしは10歳だった。

「すてきな　なにもかも」というフレーズにうっとりはしたけれど、ブランコから飛びおりたり、かえるや虫を素手で捕まえたり、弟とつかみあいでケンカすることもあるわたしに、この歌の女の子像は、くすぐったかった。

弟がいたので、男の子は身近だったけれど、男の子だからというより、ただ「性格や好みが違う人」というふうに思っていて、毎日いっしょくたに、こども!として生きて

いただけな気がする。だけど、それが親になってはじめて「ああ、男の子って！」とか「女の子って！」と、それはもういろいろ感じるようになった。その仕組みの違いに「へーえ。そういうふうになってたんだ、大人の男女の原型は！」なんて思うこともしばしば。

息子が歩き始めの頃。近所の女の子、Mちゃんがよく遊びにやって来た。Mちゃんは4歳。ほそい栗色の髪が、スーッと引いたエンピツ画みたいでかわいい。

ピンポーンと、ひとりでチャイムを鳴らしてやって来て、とつぜん、

「ねえ、おしゃれなのとかっこいいのと、どっちがすき？」

なんて聞いてきたりする。髪に大きいマーガレットの花。

Mちゃんは、よく庭の花を摘んでは、ぱっちんどめで髪にはさんで飾っていた。いつも、おひめさまだ。わたしが、ちょっと考えて、「おしゃれなの」と答えると、

「Mも！　かっこいいのって、つまんないよねえ」

なんて言う。

おひめさまは、うちに来ると、息子に服を着せてくれたり、おむつを出してくれたり、つぎつぎと思いつくお世話をしてくれた。そして、スキがあると、自分もまだ小さいのに、息子をだっこしようとするのだ。

「あぶない、あぶない」と言っても「だいじょうぶ！」と両手いっぱい脇の下にまわして、よろけながら、ぎゅうっと抱き上げる。なされるがままの息子。ずり落ちて首が

埋まってる姿に笑ってしまう。地面から、ちょこっと足が浮いてるだけなんだけど、「ほら、できた！」と、嬉しそう。

おひめさまは、たくましい。そして、女の子って、こんな小さい頃から、だれかをだっこしたいんだなあ！

なんだか、じんときてしまった。

小さい女の子が、ものすごく無理しながら、さらにちっちゃい子をだっこする姿を見るのって好き。だっこされてる子が、苦しそうなのに笑ってたりするのも愛しい。いやがって逃げる時もあるけれど、遊びとだっこがごちゃまぜで、さわり合ってるのが、あたたかい。息子は小さい時、まるでおもちゃのように、友だちや従姉妹の女の子たちに、べたべた、ぎゅうぎゅう、だっこされまくっていた。

と、そんなのを見ながら思い出したのは、小さい頃、わたしも無理して弟をだっこしたりおんぶしたりしてたこと。

あの重さ。苦しくてかわいくて、おもしろかったこと。

「すてきな　なにもかも」は、だれかをだっこしたい、こんな気持ちのことなのかもなあ。

※『マザー・グースのうた　第１集 おとこのこって なんでできてる おんなのこって なんでできてる』（谷川俊太郎／訳　堀内誠一／絵　草思社）より引用。

なんで、パンツってはくの？

息子が3歳の頃、おふろから出て、いつものように、

「ほら、パンツはいて」

と言ったら、

「なんでパンツって、はくの？」

つぶらな目で、まっすぐにきかれて、困った。

はかないとおなかがひえるよ、と言いつつ、こんな真夏に説得力なし。はずかしいなんて、まだ思わないし、なんて言おう。

思えば、ほかの動物は生まれたまんま、はだかでいるのがふつうだ。コザルに近い息子が不思議に思うのは当然かも。

そういえば、生まれたばかりの頃、こわれそうな赤ちゃんの腕を、そうっと産着に通した時、一瞬――まるで、犬や猫に洋服を着せてるような変な気持ちになったのを思い出した。ぐにゃぐにゃのからだが、大きすぎる服の中でおよいで、すぐにはだける。着心地が悪そうで、「こんな布きれ着せて、ごめんねえ」と、あやまりたいような気持ちになった。大げさだけど、自由な命ひとつで、こちらの世界にやってきたばかりの人には、はだかの方が似合っている気がした。

思えばわたしは、親になるまで、すごく楽天的に「子どもは自由にのびのびと」がいいなあ、なんて思っていた。そんなん、ふつうのことやん。と、簡単に。子どもはその方がいいに決まってるやん。などと無自覚に。

親になったら、びっくりした。のびのび自由にさせてあげるどころか、はだかのままじゃ、だめ。

それは、さわったらだめ。

そこに、のぼったらだめ――

気がつくと、ダメなことばっかり伝えている。

そして、言いながら気がついたのは、自分の生きてる世界が、なんとまあ、やったらあかんことだらけなんやろう、ということ。生きて行くためには、そのルールを知らないとケガをすることもあるし、人を傷つけることもあるから、大切なこととは思うけど、いつのまにかわたしは、暗黙のそれにも慣れてしまっている。

たくさんの、だめだめ。

無自覚の、だめだめ。だめ。

でも一方で、心はとても自由なもの。たとえ不自由な世界に生きていても、心の中は必ず守られていて、わたしはいつもそのことに救われている。

どんなひとも心の奥の、言葉にもなっていない宇宙みたいなものに、知らないうちに支えられていると思うのだけど――

そっち側の「だいじ」は、どうやって伝えればいいのかな。

そんなことを思って、ぼんやりしていると、息子ははだかのまんま、おしりまるだしで走りまわっていた。ころがるように、きもちよさそうに。

はっとして、パンツとバスタオルを持って追いかける。

「タオルでふいてから！」「ほら、パンツ！」

すると息子は「鬼ごっこがはじまった！」とばかり、いっそう大喜び。にげるにげる。タオルでくるむようにしてつかまえても、またするりとにげる。けらけらわらう。わたしもつられてわらってしまう。

なんだか、羽ばたく鳥にタオルをかぶせるような気持ち。

あーあ。くやしいなあ。あっちの方が、ぜんぜん正しく思えてくる。パンツを持って追いかけてるのが、あほらしい。

夏だし、まあ、いっか。

そう決めて、はだかでころがっても平気なふとんの部屋に追い込むと、さっそく、じゃんぷ！　どすん！　うつぶせで、ぐふぐふわらってる。ふとんの上、でんぐりがえって、ころころ。せなかで、おなかで、おしりで、ふとんとじゃれあって、げらげらわらう。

子どもは、はだかが好きだなあ。おとなだって、きもちいいもんね。はだかは。

自由は、わらう時間が育んでくれるものなのかもしれない。

パンツなんか、そのうち勝手に自分からはくようになるね。

おにぎりな日々

あつあつのごはんを、

ぎゅっ、ぎゅっ、ころん――。

子どもが生まれてから、しょっちゅうおにぎりをにぎるようになった。

もともと、おにぎりが大好きだったけれど――今や、わたしにとって、おにぎりは特別な食べ物。

はじまりは、おっぱいの頃。あっという間におなかがすく自分用だった。

なんというか、お乳の原料。片手でさっと食べられるのが便利で、雑穀入りや五目ごはんを炊いて、一日分をころころにぎった。おなかがすいたら、いつでもパクリ。あーおにぎりって、なんて素晴らしい食べ物だろう、と思った。

離乳食が終わって、ごはんが食べられるようになったら、さっそく子どもにもにぎった。初めての子ども用は、口に入れやすいように細長おにぎり。指先でちょんちょん、ぎゅっ。ごまをふったらできあがり。

ちいさい手が、ふわっとごはんを持って「だいたい口はこのへん――」という感じで、そっと口の穴に押し込む一瞬、その指が愛らしくて、見とれた。

子どもが食べるのなんて、ほんのちょこっとだったけど、作ったものを食べてくれる

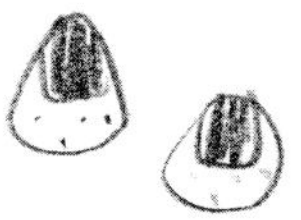

のって、ほんとうにうれしい。エサをはこぶ親ツバメのような気分。あの幸福は、大昔から人間の遺伝子のどこかにもある気がして。

そうして、子どもが歩くようになったら、ますます、おにぎりの日々になった。まだまだ「ちっちゃ！」と、笑ってしまうようなミニおにぎりだったけど、作っておけば、突然の「おなかすいたー」の時、おやつのかわりになるし、なんといっても、出かけたくなったら、さっとカバンにつめて持って行ける！　わたしはせっせとにぎった。

思えばあの頃は、家よりも、外にいる時間の方が長かった気がする。

歩きはじめは、ちょっと目を離したスキに、机の角で頭を打ったり、手をはさんだり。家の中は危険だらけ。ふたりだけの時は自分の目しかないなんて、大変なことだなあ、と思った。核家族の子育てって、みんなもう無理なことをだましだましやってるだけなんだ。ちっとも知らなかった――と、途方に暮れた。

でも、途方に暮れていてもしょうがないので、晴れた日は外に出かけるようになった。そう、おにぎり持って。遊びに夢中でお昼に帰れなくても、おにぎりがあれば大丈夫。公園でもどこでも、気楽なところへ――。毎日がピクニック。

いつのまにかおにぎりは、わたしの「おまもり」みたいになっていた。

広々とした、やわらかい草や土のあるところに、ちっちゃい子を放つと、家の中よりしっくり。親ものびのびとする。子どもらは、小犬みたいに走りまわって、うっかり転んでも、あーんと泣いた声が、ひかる青空に、すいこまれていく――。

ある日、お母さん友だちと待ち合わせて、朝から公園に行った。芝生に子どもを放って、おひるごはんのおにぎりをほおばっている時、友だちが言った。

「わたし、今までの人生で、これほどおにぎりをにぎってる時は、ないかも――」

思わず「そうそう！　わたしも！」と身を乗り出し、しみじみと言ったその言葉に、すごく幸せな気持ちになった。

「家の中は、めちゃくちゃだけどねえ」

ふたりで笑った。

あーんと泣いていたお口が、おにぎりをもぐもぐ食べて、鼻水と涙のついた顔で「もういっこ」と、手をさし出す。

あー、この手と一緒に、おにぎりも大きくなったなあ、なんて思ったりして。

これからもまだまだ、おにぎり、ころん。

ぐーのぼこぼこ

「おかあさん、ぐーしたらな、ぼこぼこになるねんで」

３歳の時、息子がこぶしを握って、興奮して、わたしに教えてくれた。すごいことを発見した！というように、うれしそうに瞳をきらっとさせて。


「みてっ！　ほらっ！　な、な！」

さしだした、ちいさいぐー。

関節の骨が山脈のようにぼこぼこしていて、じっと見ていたら、見慣れたこぶしが別のものみたい。思わず、しーんとなって見入る。

あらためて見ると、手って不思議。ひらいたり閉じたり、合わせたり。ちょき、ぱー、かたちが色々に変わる。

そうだった。からだには、こんな素敵なおもちゃがついていたんだった。

このことを夫に話すと、

「ぼくもだいぶ大きくなるまで、手で遊んでたなあ。指が動くのが面白くて。ヒマな時は、中学ぐらいまでは、やってたな」と言う。「えっ、中学？」とびっくりしたら、「今でも時々見るで」と夫。今も、やるそうだ。

そういえば夫は手で遊ぶのが上手。たとえば、五本指をひらいてお椀のように伏せ、

かさこそっと歩く蜘蛛のまねなんか、本当に生きてるみたい。ちいさい子にやって見せては、「もういっかい」とリクエストされている。

だけど、話しているうちに、わたしも手のことを色々思い出してきた。

ちいさい時、人さし指と中指の2本は、こびとの足だった。指でとことこ歩いてどこまでも行くことができるちいさな世界。畳のへりは小道に。ふとんの山はスキー場。ポットの上に登って台所を見下ろしたり、関節を曲げて正座させてみたり。おふろの海にどぶん。外に出て、フェンスや葉っぱの上をジャンプ！

中学の頃は、関節の内側の曲がるところに目玉とまつげを描いたこともあった。閉じたりひらいたりしたら、顔みたいになった。友だちと「気持ちわるー」と笑いあったりして（悪趣味？）、手だけで、ずいぶん楽しかったっけ。

「ぐーしたら、ぼこぼこになるねんで」

そのひとことは、わたしにも子ども時間を連れてきた。息子は毎日、手をいっぱい見て、手といっぱい遊んでるんだろうなあ。親の知らないひとりの時間があるって、うれしい。

お昼寝のあと、ふとんの中で、指でとことことこ、と息子のおなかを登って目の前を歩いてみた。息子に「こんにちは」と言うと、「こんにちは」。わたしにではなくて、指に言ってくれた。おじぎまでして。笑うのをこらえて「おなかすいたなあ」と指が言うと、台所におやつを取りにいって「どうぞ」とくれた。うれしそうに、にっこりわらって。わたしではなく指に。

でも、うっかりやったら、「もっと！」とエンドレス。「さっきのゆびの子は、どこ？もういっかいきて！」と激しいリクエスト。くりかえしやらなくちゃいけなくなった。すごいなあ。本気の本気で、すっかり手と友だちだ。

思えば、生まれたばかりの赤ちゃんは、自分に手足があることも知らず、命だけで生きている人みたいだった。お乳を飲む口以外は知らないような。

それがある時、はじめて発見するもの――それは手。

目の前にある自分の手を「あっ」と見つけた時の驚いたような目。黒目に光が差した瞬間は忘れられない。大げさだけど、「世界を知ることが始まった」と思った。

手を優雅にふわふわと不思議そうに動かして、友だちを見つけたかのように、こぶしをしゃぶる満足そうな横顔――思わず話しかける。

おもしろいね。

あなたには、いのちといっしょに、からだがあるよ。

これは手だよ。うれしいね。

さわったり、つくったり、いろいろできるよ――。


ちいさい、ちいさい手。ゆび、つめ。

この手が楽しいことを色々見つけて、この子の一生の友だちになりますように。

いらんことのちから

このあいだのこと。

洗面所から「わあっ」と夫の声。行ってみたら、そこらじゅうが水びたしになっていた。見ると、蛇口にビニールの小さい人形がつっこまれている。

息子だ。夫は気づかずに水を出し、噴水のようにしぶきがあがって大惨事。

「こんなワナが仕掛けてあるとは……」

夫は、びしょぬれで、情けないような顔で笑っていた。

こんなこともあった。浮き輪を片づけようと広げていたら、後ろでシュコシュコ。振り返ると、空気入れのポンプの先を自分の鼻の穴につっこみ、空気を送っていた。

これはある日の晩ごはん。おでんを食べていたら、ちくわをコップにつっこみ、ストローのようにお茶をズズズ。「飲める!」と大喜び。

そして、これは昨日。「いたっ! いたっ!」と言いながら、ガムテープの穴に足をつっこんだ状態で一生懸命に歩いていた(痛くてもやめない)。

歩道は、脇の花壇に片足をかけながら、歩かなくっちゃ!

目の前に柵があったら、よじのぼらなくっちゃ!

砂があったら、山にしなくちゃ!

息子は小学生になっても毎日きりなく、ほんとにきりなく、こんなことづくし。同い年の女の子たちが、ずいぶん落ち着いて見えるのは、気のせいだろうか。

おもしろいとはいえ、この湯水のようにわいて来る、素敵であほらしい思いつきは、日々をまわしていかねばならない母には、なかなかの忍耐。忙しい時には眉間にきゅっとシワがよる。ある時、電話で友人に、

「男の子って、なんであんな、いらんこと（よけいなこと）ばっかりするんやろなあ。うちだけかな」と言ったら、

「うちも、うちも。男の子ってなー、いらんことしかせえへんで」

男の子をふたり持つ友人は「しか」とまで言い切ったので、笑った。

ある日、身近な男子である夫に、「子どもの時、どうやった？」ときいてみたら、

「やったらあかんのかなーって、思うねんけどな、止められへんねん」

衝撃的な言葉を、さらっと言った。さらに、「これから手先が器用になったら、色んなことをし始めると思うで」と、こわい予告。

「ぼくが子どもの時にやった数々の悪事……。息子もあれをやるのかと思うと、ぞっとする」とまで。うーん、いったい何をやってきたのか。どきどきする。

どうやら男の子は、好奇心を止められない生き物らしい。

毎日毎日。男の子にとって、世界は不思議でいっぱい。

なんでもかんでも、ぜーんぶ、たしかめなくては、いられない。

危ないこともあるから、何でもやらずにおれないのは大変。と思っていた矢先、玄関で、わあ、きゃあ、と歓声があがっているので見に行くと、遊びに来た男の子たちが、手すりのない階段の横から、次々と飛び降りて遊んでいた。

「うわー、このせまい家の中であかん、あかん、外でやって」と、言おうとしたら、先頭に立って飛び降りていた息子が、

「おかあさん、あしがびりびりした！」

目をくるくるさせて、嬉しそうに教えてくれた。

「すごいで！」

ひかるような笑顔で。無垢な目で、こっち見て。ああ、もう。くやしいけど、つい笑ってしまう。そして力が抜けた。自分でひらめいて考えた遊びをやるのって、いちばん楽しいもんねえ。

そんなきらきらした時間が、ちょっとうらやましくなる。

こんなふうに、知らない景色を見るために、好奇心でこわさを超えて行く時——男の子たちの透明なつばさは、ぱっと広がる。

ばさばさと、音を立てて広げた羽根で、なんだかちょっと大きく見えたりもする。

思えば「空を飛びたい」と飛行機を作ったライト兄弟は男子だった。女は現実を愛する生き物だけど、空を飛ぶとか、ロケットを飛ばすとか、海底を見たいとか、現実

からふわりと飛びたつ夢を見る力は、男子の方があるのかもしれない。学校でも意味のないばかばかしいことをしてふざける男子がいなかったら、教室はつまらなかったもの。女子は、そんな男子が愛しいはずなのに、母になったら、まじめになりすぎてしまうのかな。

世界にある、突拍子もない楽しい思いつきや、わくわく。一見、無謀な夢。冒険。その根っこにあるのは、案外こういう「いらんこと」の力なのかも。なくなれば――飛ぶ力も育たなくなってしまうのかなあ。

そうして、晩ごはんを作っていた時、ふと思った。ああ、むかしむかしの大昔、火をおこす方法を思いついたのも、男子の好奇心からなんじゃなかろうか。火を扱うなんて、こわくて、あっと驚くようなことだったにちがいないもの。女は、「危ない、やけどするから、やめて」とかなんとか言ったかもしれない。

そういうわけで。まだまだ続きそうな、いらんことづくしの日々。わたしは、とりあえず「息子は空を飛ぶ練習中」と思うことにした。

ねがわくば――わたしにもっと、おおらかな心を。

3. こどもスケッチ

うまれてはじめての日

六月のある日、たくさんのトマトが送られて来た。

以前、夫が仕事でお世話になった幼稚園の園長さんが、地元のトマトを送って下さったのだ。箱を開けると、ぱつんと皮がはちきれそうな、みずみずしいトマトがずらり。

「うわー、おっきい!」

思わず声。

両手で持ってもはみ出るぐらいの大きいまるい赤は、むくむくと湧き出た雲みたいなかたち。ぼこぼこのふくらみを、すべすべなでていると、ひんやり気持ちいい。

箱の前に座って見とれていたら、当時5歳だった息子がのぞき込んできた。

「おかあさん、これ、まるごと、たべていい?」

あ。これは、もしや――生まれてはじめて?


〝生まれてはじめて〟に立ち会うのって、大好き。

親をやっている特権だ。はじめてあるいたよ、はじめてしゃべったよ。いつまでも続く〝はじめて〟。あたりまえのことに胸をときめかせてばかりいる。

(そういえば、トマトのまるかじりって、やったことないかも。)

「水で洗ってから、流しのところで、かぶりついてみ」と言うと、ひかるような顔になって、トマトを一個つかみ、ぱたぱたと走っていった。

台所でジャーッと水のはねる音。追いかけていってのぞくと、窓際でシルエットになっている息子が、踏み台の上に立って、がんばって洗っている。

トマトにあたった水しぶきがぱらぱら飛びはねて、銀色にひかってきれい。

息子はぬれた両手で、すぐに、がぶっ、とかぶりついた。前のめりになって、かぷっかぷっ、と顔ごと突っ込んで食べている。トマトはどんどんくずれて、指はくずれた果肉の山に埋まり、どこを持てばいいのやら、手に負えていない。トマトと格闘している。ちっちゃい口からはみ出て飛び散る果肉。必死。だけど——

「おかあさんっ、すごいっ！」

息子が大発見のように、わたしに教えてくれた。

「トマトのなかから、マグマがでてくるで！」

手の中の火山。この前テレビで見た映像を思い出したようす。中から、ゆるゆるをまとった種が出てきて、指のすきまからぽたぽたとおちていく。そこらじゅう、まっかっか。

「うわ。うわっ」大慌て。果肉まじりのざらざらの赤い汁が指をつたって、くっついて、腕もほっぺたもべったべた。ぐっちゃぐちゃ。

おそるおそる、「どう？」ときくと、

「おいしい！」

おいしいよねえ。おいしそう。

見ていると、トマトが特別おいしい食べ物のような気がしてくる。そして、わたしの中からも〝はじめて〟があふれてくる。

トマトってこんなに汁があるんだ、と思ったり、ぴーんとはってる薄皮は見た目よりぶあつい！と思ったり。種のゆるゆるが芯をまるく取り囲んで、上から食べると花びらみたいなかたちになる事も、この時に気がついて、ときめいた。

食べ終わって、流し台を拭きながら、

「マグマで汚れてるね」

と、わたしが笑うと、息子が言った。

「トマトの火が、とびちってん！」

いたいのいたいのとんでいけ

「いたいのいたいの、とんでいけえ――」

子どもが生まれてから、いったい何回、この言葉を使ったことか。

公園でひっくり返って頭をぶつけたり、階段から落っこちたりするたびに、わたしはこの言葉をくりかえした。わたしだけじゃなく、きっとほとんどの親がとなえる、このありふれた言葉。

「いたいのいたいの、とんでいけえ――」

「ほら。いたいの、とんでったよ」

「どこ？」

「あの木のむこうに」

「まだ、いたい。とんでいけ、して」

わたしは、くりかえし、くりかえし言った。

子どもを持つ前、わたしはこの言葉を「かわいい、ちょっとしたおまじないみたいなもの」と思っていた。ささやかな――気休めのような。

でも、自分が親になったら、まるでちがっていた。ある日、息子がイスから落ちて頭を強くぶつけた時、初めてこの言葉を言ったわたしは、本気の本気で祈っていた。

――いたいのいたいの、とんでいけえ。

ちいさな頭を抱きかかえながら、「かみさま！　どうか、何ともありませんように！」と願った。頭をさすりながら、わたしは子どもが泣きやむまで、何度もこの言葉をくりかえしていた。

ある時は、ドアにはさまれた指。

「ぐーして。ぱーして。ちゃんとうごく？」

――いたいのいたいの、とんでいけえ。

どうか骨が折れてませんようにと、内心、半泣きだった。

――いたいのいたいの、とんでいけえ。

必死でちいさい指をさすった。


「いたいの、とんでいけえ」は、どうすることもできず、天に助けてもらうしかない親の、切実な「祈りの言葉」だったのだ。

そういえば、子どもが生まれて一番変わったことといえば、思い通りにならない状態をあたりまえだと思えるようになったことかもしれない。子どもが生まれたとたん、やってくるのは、何ひとつ予定が立たない日々。まるで予測のつかない毎日。

子どもは自然の生き物だからお天気と同じ。いつ、何が起こるかわからない自然がどーんと暮らしの真ん中にやってきて、明日のことも約束できない。わーんと泣いたりしたら、一緒に泣きたくなる。母になったら強くなるのかと思っていたけれど、思い通りにできないことと、いたらないことだらけだった。わたしは、自分の弱さや無力さを知るために、母親になったんじゃないかと心の底から思った。

ある日、夕方泣きする息子にへとへとになりながら、お乳をあげ、テレビのニュースを見ていた時のこと。「今年は雨が多くて、畑のキャベツがみんなダメになった」と嘆く農家の人が映っていた。わたしは思わず「ああ、わかる！　わかる！」と身を乗り出した。会ったこともない遠い場所のその人にかけよって、肩をたたきたいような気持ちになった。

雨が降ったから、仕事はお休み。天気がいいから、種をまこう。空が荒れたら天に祈るしかない。おんなじ。おんなじ。わたしとおんなじ！

どうにもならないことを受け入れる暮らしは、ふつうのこと。人間が無力なのも、ふつうのこと。わたしは大人になっていく時に、そんなことも忘れて、あほになっていた。そもそも赤ちゃんを授かることからして、思い通りにならない、思いがけないことだというのに。

毎日、思い通りにならないものに寄りそっていると、輪郭のはっきりしない、言葉にならないものがあふれてくる。

それは、にじんだ水彩画の、色と色の間にあるグラデーションのような気持ち。

それは、なんだかわからないけど、見捨てないもの。あたたかいもの。

――いたいのいたいの、とんでいけえ。

愛しいことは、大変なことも、うれしいことも、どうでもいいことも、ごちゃまぜ。

そして、なんでかなあ。思い返すと、どうでもいいことばっかり、きらきらひかっている気がする。ちらかった日々のあちこちで、ひかっている。

ああ。もしかしたら。

ほとんどの親たちは、自分の子どもに、死ぬまでずうっと、この言葉をとなえつづけるのかな。心のどこかで。

どうにもしてやれない痛みや悲しみに――いたいのいたいの、とんでいけえ。と。

ろうそくごはん

たまにやるお楽しみ——ろうそくごはん。

電気をぱちんと消して、ろうそくを並べて、灯りをともす。息子はこれが大好き。

「今日、ろうそくごはんやる？」

と耳打ちすると、大喜び。いそいそとろうそくを出して、電気を消しまくる。

しずかな灯がゆらゆら。

ろうそくをともすと、見慣れた部屋が、すうっと消えて、やさしい闇が満ちてくる。

なんでもない食事が特別な感じに思えたり、ちょっとキャンプにでも行ってるような。

昔々の囲炉裏のそばのような。大昔の火のそばのような。

見えるものや聞こえるものが少なくなると、時間の流れが遅くなって、密度が濃くなるから不思議。音や色がない分、何かしゃべりたくなって、話がつづく。

これは、息子が6歳のクリスマスの「ろうそくごはん」の時のこと。
「——てんごくって、おはなばたけやねんなあ？」
火を見ながら、息子がふっと思い出したように言った。何のことかな、と思ったら、夏に親戚のえっちゃんおばちゃんに聞いた話だった。おばちゃんは数年前、大きい手術をして生死をさまよった。その時、例の「お花畑」を見たらしい。

「もうな、すっごい、すっごいきれいで、川を渡って行きたかったんや」

おばちゃんは目をキラキラさせて言っていた。「あーぜったい、あそこ行こう！　行きたい！って思っててんけどな。『まだ死んだらあかん！』って、大きい声が聞こえてな——」娘の声にふりかえったら、この世界に戻ってきていた、と言う。

どこかで聞いたことがあるような話なのだけど、すごく実感がこもっていた。大人たちが興味深く聞いている時、息子は従姉妹の子たちと遊んでいて、遠くからこちらをちらっと見ているだけだった。だけど、どうやら聞いていたみたい。

「すごいきれいやった、ってゆうとったな、おばちゃん。てんごくにいったんやな」

息子はおもしろそうに言った。

ゆらゆらゆれる火。その時わたしも、ふっと思いついてきいてみた。

「でも、子どもも、むこうの世界から来たばっかりやん。まだ色々おぼえてるんちがう？　生まれる時のことおぼえてる？」

すると、

「うまれるときはおぼえてないけど……そのまえはおぼえてる」

なんて言うのだ。

「えっ、その前？」

「うん、いっぱい穴があってな、そのひとつに、はいっていくねん。みんな」

突然の不思議発言。わたしも夫も興味津々。しーんとして、前のめりで耳をすました。

息子は続けた。

「ほんでな、この穴にしよう！っておもってん。そしたら、おかあさんのおなかやってん。みんな、どれかの穴にはいっていかなあかんねん。そうなってるねん」

「ほかにも誰かいるの？」

と、わたしがきくと、

「いる。いっぱいいるけどみえへんねん。なんでかしらんけど、いっぱいいるのはわかるねん。めっちゃなかいい子がおった」

などと言った。

「穴ってひかってる？　それとも暗い？」

「くらい、まっくら。はいったら、ここやってん」

と、ニッコリ。

よく3歳ぐらいまでに生まれた時のことをたずねたら、話してくれることがある、とかいうけれど、息子はその時、すでに6歳。

やさしいろうそくの灯りが、記憶を呼びおこしたのかなあ。

クリスマスにろうそくごはん。

もしかしたら、素敵な話が聞けるかも。

こどもスケッチ

こどもがいると、いろいろと見とれることがある。

たとえば――赤ちゃんの時は、よだれ。

うちは、よくよだれの出る赤ちゃんで、電車でだっこしていると、ニコニコ笑った口から、たらーっとよだれがたれて、よく、床にちいさい水たまりができた。慌てて床を拭きつつも、よだれが細長くのびて落ちる一瞬、光に透けて「わー、水飴みたい」と見とれてしまった。きらきらと、うつくしかった。

たとえば――2歳ぐらいまでは、横顔。

顔の中で鼻が一番低く、おでこと頬が、ぷっくりと唇よりも出ている下ぶくれの横顔は空豆そっくりだった。そうか、「クレヨンしんちゃん」のあの輪郭の元は、これだったのか!と、感激しつつ、見とれた。

寝顔はもちろん、眠っている時のくるんとしたまつげや、無防備なうしろすがた。ぺちゃんこの正座の足の裏の、小さいまるいボーロみたいな指先。そっと、さわりたくなった。歩きはじめの、がにまたの、トンネルのような足のスキマ。ゆるくたるんだズボンのおしり。どれも、愛らしいかたちだなあ、と、ばかみたいに見とれた。

それから――

かわいそうに、と思いながらもつい見とれてしまうのは、泣いているすがた。どうすることもできず、泣きやむのを待っている時が多いのだけど、「うあーん」と思いっきりひらいた口に、「うわあ、こんなにからだじゅうを筒みたいにして、楽器みたいになって！」と見入ってしまう。心ぜんぶで泣いている。心ぜんぶが外に噴き出している。その、からっぽな感じが、すごい。瞳からつぎつぎあふれてくる涙は、つるつるのほっぺたにはじかれ、ぽろんぽろんと、葉っぱの上をころがる雨つぶみたい。「涙って、こんなに透き通ってたっけ」と、その透明さにも目がくぎづけになった。

そういえば——最近見とれたのは、脱ぎ捨てられたズボンだ。ものぐさな息子が、手を使わずに、ぎゅぎゅっと足で脱いだ、ズボンのかたち。オブジェのように自立しているズボン。中をのぞくと、パンツがきれいにセットされ、持ち上げると、裾に靴下までくっついていた。「なんという脱ぎ方！」とつっこみつつも、見たことのない立体作品のようで、上から横から、感心して見とれてしまった。「よくできてるなあ」。あほらしいけど「これも、数年後には見られないかも」と思い、カメラでパチリ。

どれも、ただの親ばかの魔法かもしれない。でも、この子がいなかったら見られない景色かも。と思うと、額に入れて飾りたいような、特別な気持ちになる。

みんな消える。すぐ変化していく。思えば日常に変化しないことなんかないのだけれど、このあいだまで赤ちゃんだった人が、気がつくと歩いたりしゃべったりするもんだから、その一瞬に見とれてしまう。笑ったり、怒ったり、おろおろしたり、食べ散らかしたり、大騒ぎのおもちゃ箱のような毎日の中の一瞬。どれも、わざわざ誰かに言うほどではなくて、自分の胸の中にだけ、ふわっと花のように咲いて、すっと蒸発して消える。だけど、その時にしか――わたしにしか見られない。こういう名前のない贈り物があるから、日々は、鮮やかにゆれるんだと思う。そして、そんな景色のいろいろが、親たちを支えている気がするのだけど――大げさかなあ。

たまにだけど、思い立ってこどもの姿を、紙にスケッチしてみる。

何か、残したくなって。

頭のつむじの流れがきれい、とか、せなかのまるいのがかわいい、とか、見とれながら線をひく。だけどたいてい、あっという間に逃げられて、途中までしか描けない。しかも絵にすると、見ている時の愛らしい魔法がぜんぜんなくなる。「ちがうなー」。自分の画力にがっかりしていると、横から小さい手が出て来て「かくー」。ペンは取り上げられ、絵はぐるぐる塗りつぶされてオシマイ。

だけど、いいの。絵に残ってなくても。

こんなふうないろいろを――どうでもいいような、いろいろを、死ぬ時まで、おぼえていられたらなあと思う。

4. だっこのしくみ

グリーングリーン

「これ、どんなうた？」

春のこと。

一年生になった息子が学校でもらった「歌の本」を持って、すりよってきた。中には、たくさんの子どもの歌とその楽譜が載っている。ひらいて見せてくれた歌は、「グリーングリーン」。

懐かしい歌。でも――ええっと、どんな歌だったっけ。

有名な歌にもかかわらず、サビの部分しか歌詞が思い出せない。「明るいメロディだったなあ」というぐらいの記憶だった。

「おかあさん、うたってー」

歌詞を見ると、なんと7番まであった。長いなあ。これは歌っても、飽きて最後まで聞いてくれへんやろなあ、と思いつつ、歌いはじめた。

グリーン　グリーン
青空には　ことりがうたい
グリーン　グリーン

丘の上にはララ、みどりがもえる

広々とした緑の草原が、さあっと頭に浮かんだ。おとうさんと男の子の物語の歌だ。そうそう、こういう楽しいメロディだった。そして、歌のお話は進んでいく。

いつもは、すぐにふざけて飽きてしまう息子が、絵本を読んでもらっている時みたいに、じっと聞いている。ああ、風景が見えてるんだ。と思った。息子がおとうさんのことを話しているような歌詞だからかな。ぐっと集中して聞いているのが伝わって来た。そして、わたしも、「どんな歌だったっけ」と思い出しながら歌っているから、息子と同じで、初めてみたいに新鮮な景色が浮かぶ。

3番、4番と進むにつれて、歌の男の子は、どんどん大人になっていく。くりかえしのグリーングリーン。みどりの景色——。

ある朝 ぼくはめざめて
そして知ったさ
この世に つらい かなしいことが
あるってことを

歌の途中、おとうさんがいなくなる日がやってきた。思いがけない展開。だけど、まだ歌は終わらない。男の子もやがて、おとうさんになっていく。

（ああ、こんな歌だったんだ。）

内容を憶えていなかったわたしは、歌詞に不意を打たれ、気持ちがぶわっとあふれた。

（うわ、どうしよう。）

この子も、いつか——と思ったら、息子のすぐ横で、不覚にも声がゆるゆるになってきて、目が涙でいっぱいになってしまった。ハナ声。困った。息子に気がつかれると恥ずかしい。がまんしながら、ばれないように歌うのだけれど、もうぎりぎり。声がゆれてしまう。まさかこんな昔から知ってる歌で、自分が泣くとは。こんな明るいリズムで泣いてしまうとは、どう説明しよう。

（つづき、歌われへんかも。）

いっぱい、いっぱい。涙がこぼれそうになるのを、ぎりぎりこらえていたその時、なんと、息子が、スッと一緒に歌いはじめた。

グリーン グリーン
丘の上にはララ、みどりがひろがる
みどりが ひろがる

声がふたつになった。

息子の中の景色が、声と一緒にわたしの胸の奥に流れこんできて——おなじ緑が、つながって、広がって——。

助け舟のようで、びっくりした。自分の涙を息子にぬぐわれたようで、奇跡みたいに幸福な気持ち。

ああ、このこと、一生、忘れないでおこう。

なんて。大げさに思ったりして。親になるっていうのは、あほみたい。あほらしく単純でゆたか。

子どもの頃、この歌の記憶が明るいメロディだけだったように、息子にはわたしが、なんで泣いてるかなんて、わからないだろうなあ。

でも、「どうして？」とききたがるのは大人だけかもしれない。子どもは知ってる。

涙って、そもそも、言葉にならない時に流れるもの。

泣いてたの、ばれてたかなあ。

ふでばこのなか

一年生になった時、息子は自分のふで箱を手に入れた。

「こうやってな、鉛筆を削って、毎日もっていくんやで」

ふで箱は、マグネットでパチンと閉まる。手渡すと、うれしそうな顔で開けたり閉めたり。中には、ピカピカの消しゴムと、ピンと並んだ、長いまっすぐな鉛筆。

こんなコザルみたいに動き回る子が、教室でじっとすわってられるんやろか。

三月生まれの息子は、すごく幼く見えた。無理やんなあ、もう一年幼稚園でもいいぐらい、と思いつつ、道具箱やふで箱、定規なんかを用意した。外国では、三月生まれの子は、一年遅らせて入学したりする事も普通にあるという話を聞いた。そんなふうに選べたら子どもは楽やんなあ。息子は、ランドセルを背負うと、後ろにひっくりかえりそう。だいじょうぶかな。

入学までは、どきどきしていたけれど、毎日ちゃんと学校に行って、ひとりで、「ただいまあ」と、無事に帰ってくる。学校でどんなふうかはわからないけれど、それなりにすごしているみたいだ。ちょっとほっとした。

そうして、少しは慣れたかな、と思ったある日のこと。ふで箱を開けたら、中から、ころんと、不思議なサイコロのような、ちいさい物体がころがった。

「なにこれ？」

それは2センチほどの短さに削られた、ほぼ円錐形の鉛筆だった。

うーん。どうやら削るのが面白くてやめられず、ぎりぎりまで削ったらしい。さらに、折れた芯をセロテープでぐるぐる巻きにして、長ーくつなげた不思議な鉛筆、油性ペンで真っ黒に塗られた鉛筆、いろいろと出てきた。

まともな鉛筆は一本もなくなっていた。

「これで、字、書ける？」

「書けるで」

このえんぴつ、クラスの子にうらやましがられるねんで、と満面の笑みで得意げ。短い鉛筆を器用に握って、書いてみせてくれた。

さらに、ふで箱の中をチェックすると、消しゴムは爪でちぎったのか、ぼこぼこの岩のようになり、ホッチキスの針がつき刺さり、顔の絵が描いてあった。定規は？とさがすと、マジックで顔が描かれ、色紙で作った手足がひらひらと貼りつけられていた。

学校での様子が目に浮かぶ。じっとしなければならない授業中、ふで箱の中だけが自由の海だ。まだまだ、遊びたいんやなあ。ふで箱の中でバランスを取ってるみたい。

ちょっと切ない気持ちになった。

「もったいないから、使って芯が丸くなってから削ってな」

と言いつつも、定規の顔と、けったいな鉛筆に、くくく、と笑ってしまう。だって。

おもしろすぎる。こんなの思いつかない。プリミティブな作品みたいで、すごくいい。

後日、その鉛筆の一件をクラスのお母さんたちに話すと「うちも！」という人が現れた。やっぱり男の子のお母さんだ。その子はたった一週間ですべての鉛筆を2センチに削ってしまったそうだ。削り出したら止まらない。ああ、これは男子のサガなのか。

「ぜんぶよ！」

その人は、はぁー、とためいきをついて、力なく笑っていた。

それにしても、女の子のふで箱の美しいこと。ノートの美しいこと。くらべてはいけない。男の子の国語のノートなんか、マス目に文字が入ってる方が珍しい。男子と女子は4歳ぐらい発達の差があるというけれど、納得してしまう。

「女の子って、一年生の時から字がきれいに書けるやんなあ」

夫に話すと、「子どもの時、なんで女の子はあんな小さい字が書けるんかなって思ってた」と言い、「鉛筆も消しゴムもずっときれいやもんな」と続けた。

すると、近くで聞いていた息子が、話のわかる男がいた、と言わんばかりに「そうそう、きいて」と話に入ってきて、訴えるように言った。

「おんなのこってな、けしごむをぜんぜん、ちぎらへんねんで！」

そして、さらに、ひとこと――。

「けしごむって、ちぎるものやのに！」

はははのハナシ

「ねえ、ちょっと、イーして」

「イ――」

この前、息子の最後の前歯がぬけた。はじめにまん中、上下の歯がぬけて、両脇もぬけて、あとひとつ、と思っていたら、ついにぽろり。

ああ、この変な顔も、もう見おさめ。だけど、歯ぬけの子どもの顔って、なんてまぬけで、かわいらしいんだろう。さびしいなあと思い、「イーして」「みせて、みせて」と日に何度も楽しませてもらっていた。口元のアップはもちろん、歯のない歯ぐきをべろでさわっている顔も、おもしろくて、カメラでぱちり。

赤ちゃん時代の、歯のまったくない口も、入れ歯を外したおじいちゃんと紙一重でおかしかったし、生え始めの米粒みたいなちっちゃい歯も、無垢さと相まって愛しかったけど――この歯ぬけ顔は、格別のおもしろさ！

うえーんと泣いている時でも、この顔だと、笑いをさそう。

「ああ、アンタ、そんな歯ぁのぬけた顔で……そんなに、真面目にかなしんで」

と、つっこみたくなって、力がぬける。いたずらしている後ろ姿に注意しようとしても、ふりかえった顔に、うっかり笑いそうになる。

本人には見えないけど、まわりの者には、見慣れた顔がへんてこで、愛しさ倍増だ。おもしろがると、ニッと見せてくれる。撮った写真を一緒に見ていると、本人も笑って、なんだかやたらと盛り上がる。

見ていると、歯ぬけ中は、息子も歯ぬけ生活を満喫しているようす。楽器みたいに、歯のスキマからシシーッと、空気のぬける音を楽しんだり、歯みがきの時に口に入れた水を、スキマからピューッと出して、水鉄砲みたいに遊んだりして。ちょっとした、おもちゃだ。見ていると、自分の遠い記憶までよみがえってくる。べろでさわる、やわらかい傷口みたいな穴ぼこ。しゃべると、歯がぬけたあとのスキマに、すかすかした空気が、ひんやりとぬける。

思えば、友だちの子どもの中には4歳でぬけ始める子もいたけれど、息子は7歳になっても乳歯がずらりと残っていて、どちらかというと遅めだった。

はじめにぬけたのは上の歯。だけどこの歯は、うっかり遊具にぶつけて、ぐらぐらになってぬけた歯だ。自然にぬけたわけではないから、ぬけたあとも永久歯がなかなか出てこなくて、歯医者さんに「永久歯が、すごーく奥にあるからねえ、まだまだ時間がかかりますよ」と言われた。下はまったくぬける気配がなくて、ぬけないまま歯の後ろから永久歯が出てきてしまい、一時は乳歯と永久歯が前後二列に四本並んでいるという、不思議な口になっていた。

ふたごの子どもを持つ友だちが、歯のぬけ方や生え方がふたり全然違うので、歯医者さんに聞いたら、「永久歯の生える早さは、精神年齢で決まる」と言われたそうだ。からだつきは同じなのに、おしゃまな性格の子の方がずいぶん早く永久歯が生えていて、あーんと見せてくれた。

うーん。そっか。息子の歯が遅いのは、精神年齢が低いからか、と妙に納得したりして。「永久歯、精神年齢説」。

思えば、はじめて自然にぐらぐらになった2本目の前歯は、息子の友だちがぬいてくれた。ぐらんぐらんだった日が1週間ほど続き、わたしが「もう、ぬこう」と追いかけても、「ぜったいイヤー」と逃げていたのに。遊んでる時、友だちに、さくっとぬかれて帰ってきたのだ。

嫌だったかな？　無理矢理だったのかな？　と心配したら、「ぬいてくれてん」とにっこり。友だちに感謝していた。思いがけない笑顔に、一瞬、置いてけぼりの気持ち。でもなんか嬉しい。ちらりと見えた親のいない世界が頼もしく思える。

ふうん。この子にも、もう、そんな友だち同士の世界が始まってるのか。子どもって、親のしらないあいだに、自分で勝手に成長するんやなあ。

「ネズミの歯ぁと、かえとくれえ」

丈夫な歯になるおまじないをとなえて、息子が歯を空にほうり投げた。

きらりと青空。春の雲。

「永久歯、精神年齢説」って、本当なのかもしれない。

こころのたべもの

小学三年生の夏休み、息子は近所の駄菓子屋に夢中になった。ちいさい時から小食で間食もあまりしなかった息子が、めくるめく駄菓子の世界にはまって、洗濯をするたび、ズボンのポケットから、小さなお菓子の袋がくしゃくしゃと出てくる。息子は児童館に遊びに行った帰りに、ちょこっと何か買っては、食べているようす。今どき駄菓子屋さんなんてめずらしいなあ、と見に行ってみると、酒屋さんだった。

児童館の近くの「ヨシミヤ」という酒屋さんのおじさんが、店の一角を駄菓子コーナーにして、小さなお菓子をこまごまと置いているのだ。児童館のそばという絶好の立地もあって、それが子どもたちに大人気。

「ヨシミヤのおじさんなあ、めちゃくちゃもうかってるで」と息子は言う。十円、二十円で?と思いつつ聞いてると、「だって、みんな行ってるもん。ヒロトくんなんか毎日買ってるで!」。おじさんは、賞味期限が近いお菓子を、みんなにおまけでくれることもあるらしい。

「おじさん、めっちゃやさしい!」

力を込めて言う。息子はすっかり、ヨシミヤのとりこだ。息子は、わたしの知らない駄菓子の世界の話をしてくれる。きらっきらの目。中には「えー、そんなんあるの？」と、笑ってしまう独創的なものもある最近の駄菓子事情。ごぞんじでしょうか。

たとえば、たとえば。フルーツ味の液体キャンディ、「すっぱいスプレー」。小さいスプレーに入っていて、シュッとひと吹きして、ぺろぺろなめるという画期的なキャンディ。ビン形のもなかに入ってる粉ラムネをストローで吸う「ビンラムネ」や、甘辛い「蒲焼さん太郎」。さらに、十円のお菓子なのに中に百円のアタリ券が入ってることがあるという「ヤッターめん」というオドロキのくじ付きおやつ。息子はその券が当たった時、とびはねて大喜びで帰ってきた。使わずに大切にサイフに入れ、何回も取り出しては、うっとりとながめていた。

ほかにも楽しそうな仕掛けやくじ付きの、カラフルな絵のチョコやラムネ、スナック菓子。おもしろくて、つい息子の駄菓子ばなしに聞き入る。わかる、わかる。その気持ち。わかるんだけど……ええっと。でも。こういう時、親の気持ちはちょっと複雑。最初は「ちょっとぐらい、いっか」と思っていたけれど、毎日のように出てくる袋に、「いったい何で出来ているお菓子？」となり、そして、いろんな添加物も気になる。

ある時、少し悩ましい気持ちで、ズボンから出てきた駄菓子の袋裏の成分表を見ていたら、息子が気がついてそばに寄ってきた。

「おかあさん、どうしたん？」

「え？　ああ、うーん」言葉を濁していると、「なに？」と、心配そうな息子。

「なんかね、あんまりからだに良くないものも入ってるなあ、と思って」

「からだによくないの？」

わたしが苦笑いすると、息子が言った。

「――こころには？」

あっと思った。そうか、こころ。

思えば食べものって、栄養や成分、からだにばかり目が行って、こころのことは忘れてしまいがち。食べものを食べる時、わたしは、からだの栄養のためと思っていたけれど、ほんとうにそうかな。それだけかな。見える成分以外の栄養もある気がする。同じ食べものでも、緊張して味気なく食べた時と、楽しく満たされて食べた時とでは、おいしさも喜びもまったく違うもの。

そしてその時、ふっと思い出したのは、以前テレビで見た、漫画家の水木しげるさんのことだ。番組中、水木さんは仕事場の冷蔵庫の冷凍室の引き出しをがらがらと開けて見せて、「お昼には毎日、冷凍食品を食べている。何を食べようか選ぶのが楽しみなんだ」とおっしゃり、冷凍のパスタや冷凍おにぎりを見せ、朝からアイスを取り出してぱくぱく食べていた。お年だから健康や食べものに気を遣っていると思っていたから、「ええっ。冷凍食品で良いんだ！」と、びっくりした。

甘いものが好きで、食べることが好きで、「おいしい、おいしい」と好きなものを食べて、あんなに元気で、長く生きて。お昼以外は、ちゃんと作ったものを食べているのかもしれないけれど、わたしは、「あのひみつを知りたい！」と思ってしまった。

食べものは基本、からだのために食べるのであって、「こころのためにも」なんて言ったとしても、そんなのは「気分」とか「おまけ」みたいに考えられている。でも、わたしは本気で思う。人間は「食べもの」を、かなりの割合で「こころの喜び成分」を吸収するために食べている。その「こころの成分」の吸収率は人によって違うだろうけれど、きっと、「食べもの」×「喜び」↓「生きる力」。幸福な食事は、思うよりもずっと、からだに不思議な力や栄養を与える気がする。駄菓子の話にしては、ちょっと大げさになってしまったかな。

楽しさの感度が高いこどもは、食べものの「こころの成分」の吸収率も高そう。毎日のようにヨシミヤで、しゃべって笑って帰って行く、あの時間。あの時間はまぎれもなく、「うれしい」「たのしい」見えない食べもの。

わたしだって好きだったもん。公園の横にあったパン屋さんの、まっピンクのイチゴのねりアメ。透明なピンクを真っ白に練って、口のなかで、ちょっとずつ、まるくやわらかく溶かして食べた。あまくて幸せだった。

こんなふうに、大人になっても覚えてたりするのかな。

あのピンク、からだに悪そうな色してたなあ。

海はいいなあ

「うみが、くちにはいってくるよ！」

去年の夏休み——

友だちの家族と海に行った。ござ敷きの海の家がひとつあるだけの、懐かしいような、のんびりとした浜辺。遠くラジオの音だけ。波の音がよく聞こえる。

水平線は水彩画みたいだし、海は空とおんなじ色して、きらきらだし——

海はいいなあ。

友だちのところの4歳の男の子は海が初めてで、最初は水に近寄れず、お兄ちゃんやお姉ちゃんたちを砂浜からじっと見ていた。「はいらん！」と頑張っていたけれど、おそるおそるお父さんに手を引かれて海に入ると、とたんに、ざっぶーんと、大波。口の中に波が入って、目がまんまるになった。ものすごーく、びっくりしている。

「しおからい！　しおっからい！」

大きい声で言った。何べんも訴えるものの、親たちやみんなが、あたりまえのような顔して笑うので「なんで、わからんの？」と不満そう。それがかわいらしくて、よけい笑ってしまった。そして、浮き輪でぷかぷか漂いながら、何度も何度も波に洗われて、ざぶーん、じゃばーん。

「うみが！　うみが――

　くちにはいってくる！　おかあさーん、うみが、くちにはいってくるよ！」

　うわあ、と思った。だって、「海水」が口に入るんじゃなくて、でっかい「海」が自分の口に入ってくる、って言うんだもの。なんて壮大な。からだ全部で海に出会って驚いている。生まれてはじめて、という子がいると、世界がとたんに新鮮に見えていいなあ。

　そして、海は3度目、うちの息子といえば――

　しばらく浮き輪で波遊びしたあと、砂のお城を作り、どんどん満ちてくる潮と戦っていた。こちらもまだまだ新鮮。潮が満ちるということを知らない息子。作っても作っても迫り来る波に「こらーっ、やめろー」「おりゃー」とおどしたり、「くるなー」と、波をけとばしに行ったり、本気で海としゃべっていた。大いそがし。海に人格があるのだ。うらやましい。

　そしてかあさんたちは、夫たちに海側はまかせ、砂浜で立ったりすわったりしながら、おしゃべり。波打ちぎわに立つと、足のまわりの砂を、波がすーっと引っ張って、こそばゆく足の裏が沈む。砂の線が海までのびて、さらにまたかかとが沈む。それだけで、なんかうれしい。立っているだけで、いい気持ち。

　遠浅の海は、ちょうどよいつめたさで、ぬるさで、子どもたちは夕方になっても出ようとしなかった。いつのまにか、水着の中はやさしい砂だらけ。

あーあ。大人だって帰りたくなくなってしまう。でも、もう帰るよ、と言う役なのだ、大人は。

その時ふと、一緒に行った友だちが、前につぶやいた言葉を思い出した。

「おかあさんになれて良かったんだけどさ――。たまにね、子どもを叱る時なんかに思っちゃうんだよね。前はさ、ピッピやロッタちゃんを読んでる時、楽しい方の役だったのに、つまんない方の役になっちゃったなあって」

かあさんは切ない。

ダメ、と言いつつ、大人だってずっと遊んでいたいこと、あるもん。でも大人の役は、いろんな気持ちを知らないとできない、だいじな役なんだ。きっと。

「もう、かえるよー」が、なかなか言えなくて。

ざぶーん、ざぱーん。

誰もいなくなるまで、海にいたわたしたち。

だっこのしくみ

「だーっこ、だーっこ」

ちいさな手のひらが、こちらにのびてくる。

「ぎゅうして」

抱きあげて、まるいおしりを持ち上げ、胸をぺたり。「だっこ」のできあがり。

ころぶとだっこ、泣くとだっこ、眠くなるとだっこ。だっこばかりの頃、「だっこって、いつまで続くのかなあ」と、近所の小学五年生の女の子がいるおかあさんに、たずねたことがある。

「三年生ぐらいまで？」

わたしが言うと、そのおかあさんは、

「ううん、まだまだー。うちは今も時々だっこしてって、おふとんに入ってくるもん」

ちょっとはずかしそうに笑った。

そんなに大きくなるまで？と、その時は思ったけれど、息子が小学生になった今はわかる。だっこは、ずうっと、だいじな、言葉ではない言葉なのだ。

新生児の頃、息子は、あまり眠らない、よく泣く赤ちゃんだった。だっこをしたら眠ってくれるけれど、ふとんに置くと起きて泣いてしまう。ずっとだっこするのは大変

だし、どうしたものか、とあれこれ試して、そんな時知ったのが「おひなまき」というものだった。ヨーロッパや遊牧民の子育てにも似たものがあるそうだ。

「おひなまき」は、赤ちゃんのからだと手足を、やわらかい布でぐるぐる巻いて包み込むと、せまい子宮の中にいるようで、赤ちゃんが安心して眠ってくれるというもの。

はじめにその方法を見た時は、「ミノムシみたい」と、笑ってしまった。そして「ええー。こんなに、きつく巻いて大丈夫？」と心配になった。でも、半信半疑でやってみたら、ふがふがと泣きやんで、すうっと眠ってくれたのだ。

びっくりした。見た目は窮屈そうだけど、きっと赤ちゃんにしてみれば、ぎゅっとだっこしてもらうような感じなのだ。わたしは、ミノムシ赤ちゃんをだっこでゆらし、ふとんにそうっと置いた。

せまい子宮の中で安心して過ごしていた赤ちゃんは、ぎゅうっと子宮に包まれたい。もしかして――だっこって、子宮だったの？

赤ちゃんだけじゃなく、おとなだって、誰かに抱きしめられたい時がある。恋人たちが、きつく抱きしめあって、満ち足りた気持ちになるのは、子宮にいた頃の幸せな記憶からなんだろうか。ぎゅうっと抱きしめられると、あったかくてやわらかくて愛しいものがふくらんでゆく。言葉ではない言葉。

「ぎゅうして」

今もまだ、そんなふうに言う時があって、抱きしめる。そんな時、思い出すのは、赤ちゃんを抱いて階段を上っていた昼下がり。腕が筋肉痛で、だっこはちょっとお休みしたい！　でも話、通じないしなあ。なんて思っていた時のこと。

わたしの背中にまわった赤ちゃんの手が、何度も、とんとんとん、とわたしをたたいているのに気がついた。

とんとんとん。とんとんとん。

あ、わたしのこと、さわって確かめてるんだ。手が「おかあさん、おかあさん」って言ってる。

言葉が通じない分、じーんとなった。

顔は見えないけどやわらかい髪がわたしの頬にさらさらあたる。そして、そのあと赤ちゃんは両腕をのばして、わたしの背中をぎゅうっと抱えてくれたのだ。

わたし――今、だっこされてる！

だっこしてると思っていたら、だっこされてました。腕が痛いのも忘れて幸せな気持ちになった。言葉ではない言葉。愛されているのは、わたしの方。

ご褒美のような一瞬――。

いったり、きたり

「いってきまーす」の時間に子どもを叱ってしまった時は、がっくり。

この時間帯だけは穏やかに、といつも思うのだけど、今朝も学校に行く直前、玄関で、

「そうや、おかあさん、エプロンってある？　今日、つかうねん」。

さらっと言うので、むむむ、となった。急には無理。「もう忘れて行き！」

何度目かのことだったので、いろいろ言ってしまった。

言い過ぎたかなあ。気配の消えた玄関でひとり沈む。半べその悲しそうな顔を思い出す。言い方が良くなかったかな。失敗。あーあ、未熟な母だ。

毎日毎日、忘れ物やら失敗やら困りごとが、波のようにざぶんざぶんと寄せてはひいていく。そのたびに、わたしは、いきあたりばったり。

立ち止まって、ふと思う。もしかしたら子どもに正しい事ばっかり言い過ぎているかも。ルールを伝えるのは親の役目のひとつかもしれないけど、時々その役に嫌気がさす。正しいことを言うのって、すごーく簡単。でも本当は、そんなに割り切れないもんなあ。

日々の大半はわけの分からないことでできていて、正しくも正しくなくもない。日々の大半は言葉にならない気持ちでできていて、その気持ちには、うれしいとか悲しいとか呼び名すらない。自分が正しい話をするたびに、いいかげんな自分に、「そんなこと

言える?」と、目に見えない誰かが横から意地悪くささやく気がする。正しさからこぼれ落ちる気持ちの中に、愛しいものがいっぱいあるのに。

今朝のことを、おかあさん友だちに話すと、

「朝、多いよねえ。そういうこと。わたしも時々言い過ぎちゃう。おこりたくないけど、ほったらかしもできなくてさ。でもさ、考えてみれば忘れ物とかさ、たいしたことじゃないんだよね。元気だし、全然それだけでじゅうぶんっていうか、ほんと、ほんとにさ、たいしたことじゃないんだよね。おこってることって」

胸をひらくように言ってくれたので、笑って「そう、そう」とうなづいたら、なにか、すっと明るい気持ちになった。

「わたしね、うちの母親に言われたんだ。出かける前は、おこっちゃだめだよって。出かけたあと、本当に、人間には何があるか、わからないからって」

すごーくわかる。大げさだけど、こどもを見送る時はどんな時でも、無事に帰ってきますように、と願う。帰って来るのがあたりまえみたいになっているけど、時々、奇跡のように思う。ここまで大きくなって自分で歩いて、元気で、面白い話もしてくれて――すごい。忘れてはいけない。最大の望みはもう十分、かなえられている。

「いいこというなあ。おかあさん!」

「でも―― わすれるよね」

笑った。

怒ると叱るは違うというけれど、常に冷静な母なんか信じない。大事だから、心がゆさぶられる。おろおろ、どきどき。みっともないこと、てんこ盛り。でも、どんなことで人が腹をたてたり悲しんだりするか。それを知るのは、身近な家族の反応からだから、素のままでいいや、って思うけど、子どもに自分がどう映っているのか、残念ながら、ぜんぜん自信がない。

「おかーさーん、おかあさあん」

あっという間に午後になって、息子が帰ってきた。

あかるい声でガラス窓をたたく。目があうと、にっこり。朝のことなんか、けろっと忘れている。入ってきてカバンを放り出すと、わたしの膝の上に頭を乗せて、ごろごろしながら学校であったことを色々と話しかけてきた。うれしそうに笑って。やわらかい手のひらでわたしの腕をぺたぺたさわる。わたしの未熟さなんか、あっさりと許されている。ああ、またもや——愛されているのはわたし。

話しているうち、わたしの中にあたらしい虹がかかる。晴れ間がのぞく。

大人も子どもも、こうしたいと思いつつできないことだらけ。失敗は日常。失敗してやり直して、また一緒に笑う。愛しさは、いつも、いったりきたり。

いったりきたりして、紡がれていく。

それにしても、子どもは——いつでも、ほんとうに愛するのが上手だなあ。

すくわれたはなし

赤ちゃんが生まれる前、「よく泣く赤ちゃんか、よく眠る赤ちゃんかで、天国と地獄」と、いろんな人に言われた。

うちは、すごくよく泣く赤ちゃんだった。

夜泣きはもちろん、謎の夕方泣きもあった。夕方、ひとりでだっこして泣き声を聞いていたら、へとへとになった。おっぱいもあげたし、おむつもぬれてないし、だっこしても泣きやまず、眠らない赤ちゃんに途方に暮れていた。

そんな時、「赤ちゃんが泣くのは、理由があるのよ」と言われると、「ああ、わたしがいたらない母だから」と泣きたくなった。嵐が通り過ぎるのを待つようにやりすごすしかないのだけど、なんかちょっとした、すーっと風穴があくような言葉が欲しかった。

そんなある日、わたしより5年ほど先にふたごを産んだ友だちから、電話があった。

「ふたごって、赤ちゃんの時、大変やったやろなあ」

とわたしが言うと、「思い出したないわー」と笑ったあと、

「でもな、泣く泣かへんは、もう、（その子が）持って生まれたもんやで。うちはふたごやったから、ようわかるねん。同じようにしてるのに、片方は、ほっといてもよく眠る赤ちゃん。もうひとりは、何してもずーっと泣いてる赤ちゃん。泣く方は親もすごい

かまうのに、全然泣きやまへん。泣かへん方なんか、ほったらかしでも泣かへんねんもん。自分のせいやと思ったらあかんで。その子の性格やから」

すくわれた。

今は嵐がしょっちゅう来る季節。理由なんかない、「知らん」とあきらめた。大変には変わりないけど、あきらめることは知恵なんだと知った。必要なのは、ただ「覚悟」だけ。

それからもうひとつは、泣いている赤ちゃんを抱いて家の前を歩いていた時、向かいの、大学生の子どもがいる奥さんがかけてくれた、ひとこと。

「大変ねえ。でも、かわいいわねえ。うふふ。あのね、大変じゃなくなったら、かわいくなくなるの！」

思わず笑った。「大変じゃなくなったら、かわいくなくなるの！」この名言、今も時々、おまじないみたいに思い出してしまう。

それから、これも。「子育てと仕事の両立なんか、できたと思ったことないです！」とキッパリ言い放って笑っていた友人のひとこと（3人の子のお母さん）。わたしは、その言葉に拍手したくなる。だまっていると、みんなが立派に見えてしまう。あたりまえの本音が少ないから、こんな言葉に胸がスッとする。きっと、何か答えが欲しいのではなくて、降り積もった気持ちを、さっと吹き飛ばすような、外からの風が欲しい。

あっけらかんとした風が吹き込むと、また毎日が軽やかにまわり始めるから。

そうだ、「子育ての神様はいない」という言葉も好きだった。

立派な親の子どもが立派とも限らないし、不真面目な親の子どもが真面目に育つこともある。夫婦と同じで、親子の組み合わせも感受性も環境も、千差万別。その子がどう育つかなんて、複雑すぎて誰にもわからないのだ。正解を知っている神様なんかいない。

誰も責めない言葉に、大らかな気持ちになった。

だけど――一番は、これかもしれない。ある日、ぐんぐんお乳を飲む赤ちゃんを見ていた時、ひかるように思い出したこと。

うわー。わたし、生まれた時、こんなに生きる気満々だったんだ――その瞬間、遠くに忘れていた、自分が赤ちゃんだった時の気持ちがよみがえった。

――わたしは、このわたしでいいの、この体と魂で生きていく。

いのちに背中を押されて、そんな光のような肯定感と一緒に生まれてきたこと。なんというか、頼もしいものが、ぱあっとひらけた。肯定感を育てるのは、親の役目と聞くけれど、どの子も生まれる時、親より先に「いのち」に肯定されている。「生まれる」って肯定感そのものなんだ――涙が出そうになる。

それをなくさないようにするのが親の役目なのかな。

たぶん、わたしは、これからもずっと――

このことに、支えられ続けていくような気がする。

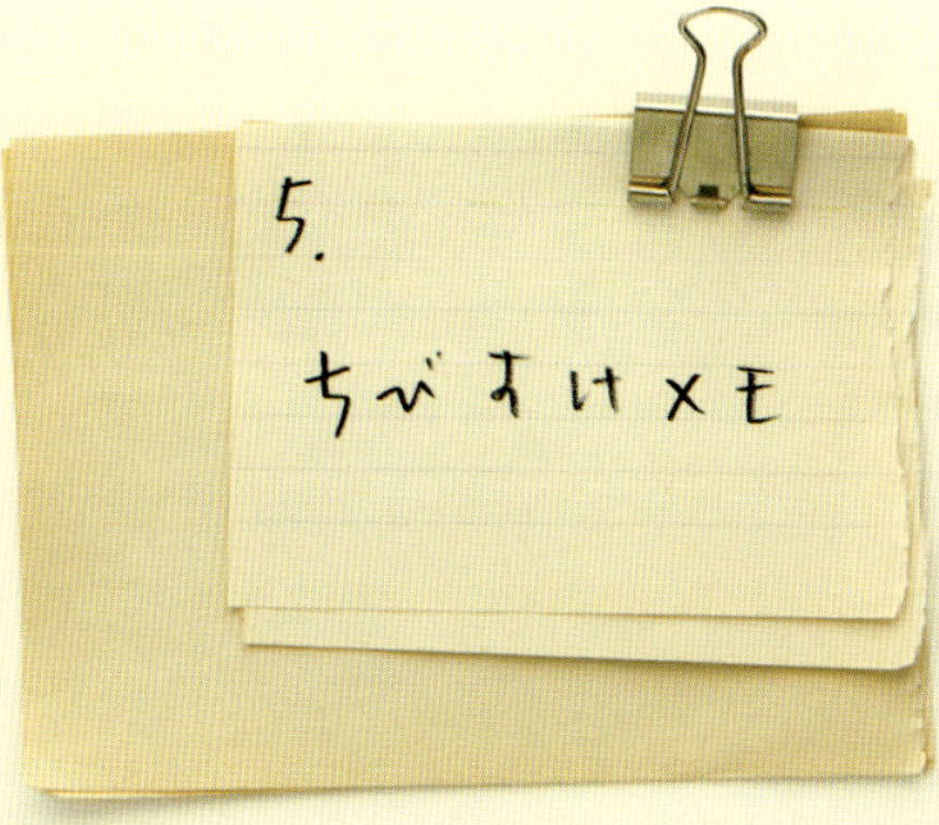

ちいさいころのおぼえ書き、
メモのようないろいろです。

赤ちゃんのころ。

赤ちゃんの目。

生まれたばかりの赤ちゃんは青白い白目と真っ黒な瞳。明るいところばかり見るから、瞳の中にはいつもひかりがあって目玉に見とれた。おすわりのころになると、ちょっと離れていても、いつも赤ちゃんと目が合う。イスに座らせて、ちらっと見ても目が合う。それは赤ちゃんがいつもわたしをさがして見ているから。追いかけてくるつぶらな瞳にときめいて。

写らない！

赤ちゃんって「子ザルみたい、おじいちゃんみたい」と思いながらも、自分の子はかわいく見える不思議。「ああ、残しておきたい、とっておきたい」とカメラをぱちり。

でもファインダーをのぞくと、どうもおかしい。生で見ている赤ちゃんとはちがう。本物よりちっともかわいくない。かわいさが写らない！「あれ？　ちがうー！」とファインダーの中と実物を何ふとんにおくとおきてしまう。ふとんにおくコツのおぼえがき。

くせになる横ゆれ。

①
すっかり眠ったら
だっこして
ゆらしながら、

②
からだを赤ちゃんから
離さず、ふとんへ。
下になる手は抜かずに
2、3分このまま。

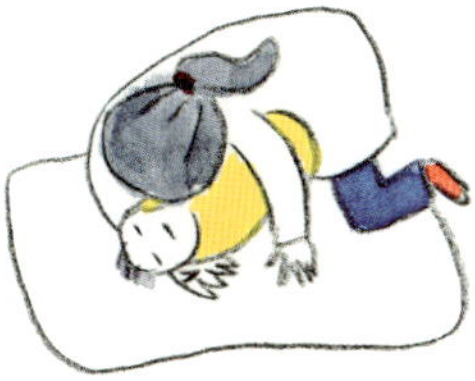

③
手を少しずつゆっくり抜く。
からだはまだ、
赤ちゃんから離れない。
起きなければ、そーっと、
からだを離して
ふとんをかける。

たてだっこがすき。

カメみたいなまる。
力つきてねむる。

メガネをかけるとはずされる。

せまいとこがすき。

バ
ア
エスカレーターでうしろの人に「バア」をしていた。

度も見比べた。写真には写らないきらきらが（親ばかだけに見える？）ある気がしてならない。

ひかるもの。

「赤ちゃんて、ひかるもの好きなんだよね。カラスみたい」と友人が言っていたけれど、はいはいの息子の好きなものベスト3は、これ。

①ガラス（ガラスビン、コップ）
②金属（ビンの蓋、スプーン）
③プラスチック

ガラスと金属はひかるもの。ちょっと危険でドキドキ。ひんやり冷たい感触や、たたくと音が鳴るから楽しいのかも。安全でかわいい木のおもちゃではあんまり遊んでくれなくて。

ふたあわせにはまる。
カチャ
カチャ

ある時さとうさやがいっこ入っていた。
きれいだった。

歩きはじめのころ。

タタタタタン！

朝から聞こえるタタタタンという音。これは小さい子のいる家の足音。小さい子はいつも駆け足。走るのが嬉しくて仕方ない。「こどもって歩けへんなぁ」と夫に言うと「あいつら、いっつもいそいでんねん。早くそこに行きたいねん」。笑って言った。

歩くようになると、手が使えるから、しまわれているものが引っ張り出されて、家中に拡散していく。いつも床には何かしら散らばっていて、だんだんとそれを踏んづけることにも慣れてくる。

前にテレビで子どもの研究をしている先生が「ハイハイって、最後の方になると本当に速い。4本足であんなに速く進めるのに、どうして2本足で歩こうとするのか謎なんですよね」と話していた。

でも、わたしにはわかる。よろけながらも2本足で歩こうとするのは、手を使いたいから。だって小さい子は危なくても手に何かしら持ちたがるもの。

おちかま。

言葉を覚え始めた頃、みんなで月を見て「おつきさま」と教えると「おちかま」と言うようになった。

その時は満月だったのだけど、しばらくして三日月を見て帰ってきた時は、わたしの靴下についた三日月型の紙の破片を見て、「あ！　おちかま」と言った。

そしてさらに散歩中「おちかま！」と指さすので見てみたら、偶然にもつるつる丸坊主の人が歩いていたので「ほんまかいな」と笑った。嘘のような本当の話。

息子に、こそっと「あれはお月さんとちがうで」。

本物の月も空に。

散歩のころ。

排水口をのぞく。

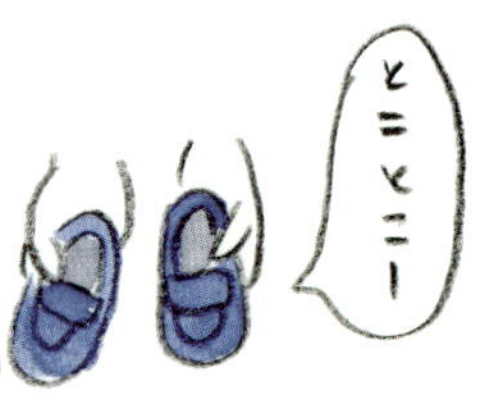
くつをもってくる。
お散歩に行きたい。

どこにでも
おちてる
ビービーだん。

4歳の子が巨大に見えた。

石をならべる

ひたすら
石をあつめる。

きっと、ずっと忘れない、と思う景色がある。家の近くの橋の下を通る電車を見に、子どもとよく散歩に行っていた頃のこと。

夕方に行くと、橋のそばの空き地に、公園でもないのに、あちこちから子どもらが集まっていた。赤ちゃんから5歳ぐらいまでの子が走り回ったり、フェンスに顔をつけて電車に手をふったり、石ころをならべたり。

親たちもおしゃべり。夕方は通勤の中央線がひっきりなし。カラフルな特急あずさや、のんびりとした快速むさしの号もカタカタと通る。近所のお母さんは、「もう何の電車か、音でわかるわよう！」と楽しそうに言っていた。

フェンスによじ登ると、高いところから電車を見おろせた。子どもたちは電車が通るたび、そこから手を振って「きてきならしてー」と、みんなで声を合わせて大声で呼びかけた。すると、

「ファーン！」

なんと、返事のように汽笛を鳴らして電車が答えてくれるのだ。みんなこれが

大好き。中には汽笛と一緒に、窓から白い手袋の手を子どもらに見えるように振ってくれる車掌さんもいた。

　わたしは初めてその「ファーン！」を聞いたとき、「うわー。返事してくれた！今！今！」と興奮してしまった。すると側にいたお母さんが、嬉しそうに言った。「そうよー、大人の方が感激しちゃうわ！」

　気ままに遊ぶ子どもらと、夕暮れと、お母さんと電車。

　あの時間に行くと、いつも誰かと会えた。どこから来ているのか知らない人と子どもの話で打ち解けて、一緒に笑い帰って行く。あの頃のお母さんたちとはもう会うことはないけれど、不思議でほっとする時間だった。

　ほんの数年前なのに、あれはあの時のあの場所にあって二度と戻らない。わたしの中にしか残っていない。宝物だなあ、と思う。子育て中のわたしの。でもきっと、どの親の胸にもあるんだろうな。こんなふうな、その人だけの景色が。

　思い出すたび、夕暮れの白い手袋が、スローモーションのようにゆれています。

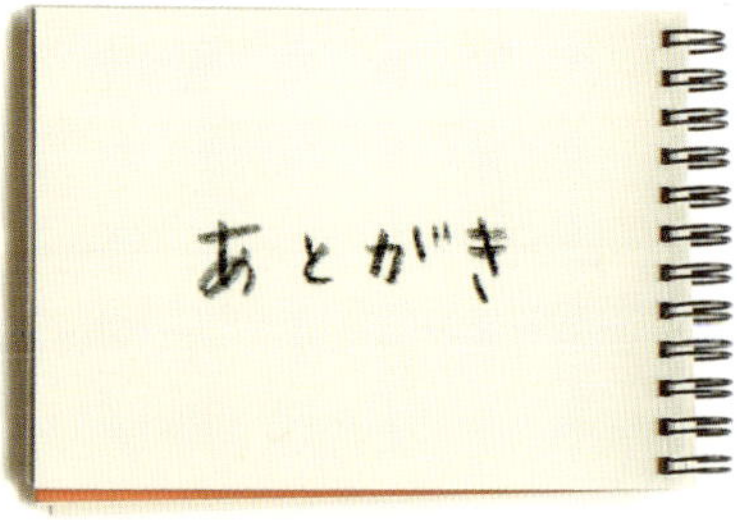

息子がまだ、とてもちいさかったときのこと。

真夜中、しめった風に目がさめた。

窓を閉めようとしたら、月あかり。

足をなげだして、さかさまに眠る息子。ふとんをぜんぶ、けっとばして、大の字。またすぐに、けとばすんやろなあ、と思いながらふとんをかけなおした時、あ、と気がついた。

わたしは今、息子の「こども」という季節によりそっている。息子が一生持って行く時間の中に、今わたしは生きている——。

あたりまえなのだけど、ちがう年齢で同じ季節を生きている不思議さに、胸がいっぱいになった。

わたしの記憶の中の母の——大きいおしり。膝枕の太もも。はなうた。掃除機の音。泣いてた顔。怒ってた目。笑った声。ミシンの音。スカートの刺繍。わたしのなかに、あの頃の母親が今もずっと住んでいるように、わたしも、息子のこども時代の風景になっていく。

いつの日か、思い出すかもしれないひとつひとつに、自分が立ち会っているなんて。

「あかんなあ」と思いながら、「何もしていない」と思いながら、終わっていく毎日。始まりも終わりもないような毎日。失敗ばっかりして、ちいさいことでいろいろ笑って、何のことで笑ったのか、ちっとも覚えていない毎日。愛しさは、大げさなことではなく、ごちゃまぜの毎日の連続で編みあがっていく。

わたしの見ている景色とこどもが見ている景色は、まるで違うかもしれないんだけれど、ちいさい時のことなんか、こどもはぜーんぶ忘れてしまうかもしれないけれど——無条件で求められた日々。わたしは親を体験できて、とてもありがたかった。でも、まだ途中。これからも、こどもに心ゆさぶられる日々は続いていく。

この本は、息子が6歳から10歳までの間、連載で書かせてもらったものをまとめました。赤ちゃんの時のことをおぼえている間に、そして、息子のこども時代の最中に、文も絵もたくさん描くことができて、しあわせでした。

おーなり由子 *Yuko Ohnari*

絵本作家、漫画家。イラストエッセイやNHKの子どもの歌の作詞も手がける。

著書に『ひらがな暦』(新潮社)、『365日のスプーン』(大和書房)、『あかちゃんがわらうから』(ブロンズ新社)、『ことばのかたち』(講談社)、『だんだんおかあさんになっていく』(PHP研究所)、『ぶう ぶう ぶう』(はたこうしろう/絵 講談社)ほか多数。訳書に『ごはんのじかん』(レベッカ・コップ/作 ポプラ社)など。

www10.plala.or.jp/Blanco/

本書は「こどもMOE」2011年vol.1～2013年vol.7、「kodomoe」2014年4月号～2016年4月号(ともに白泉社)に連載された「おもちゃ箱ぐらし」に加筆・修正し、再構成したものです。「はみがき童話」「こころのたべもの」「いったり、きたり」「ちびすけメモ」は書きおろし。

こどもスケッチ

2018年5月1日　初版発行

著者　おーなり由子　©Yuko Ohnari 2018
発行人　菅原弘文
発行所　株式会社　白泉社
〒101-0063　東京都千代田区神田淡路町2-2-2
電話 03-3526-8095 (編集)
03-3526-8010 (販売)
03-3526-8020 (制作)
印刷・製本　図書印刷株式会社

装丁・デザイン・写真/秦好史郎(夫)
P12、95、135、144、カバー裏のイラスト/息子
編集協力/原陽子

HAKUSENSHA Printed in Japan
ISBN978-4-592-73297-6

kodomoe web　www.kodomoe.net
白泉社ホームページ　www.hakusensha.co.jp

GREEN GREEN
Words & Music by Randy Sparks and Barry B. McGuire
©1963 NEW CHRISTY MUSIC PUBLISHING CO.
All rights reserved.Used by permission.
Print rights for Japan administered by Yamaha Music Entertainment Holdings,Inc.
JASRAC 出 1802987-801

＊定価はカバーに表示してあります。
＊造本には十分注意しておりますが、落丁・乱丁(ページの抜け落ちや順序の間違い)の場合はお取り替えいたします。購入された書店名を明記して小社制作課宛にお送りください。送料小社負担にてお取り替えいたします。ただし、新古書店で購入したものについてはお取り替えできません。
＊本書の一部または全部を無断で複写、複製、転載、上演、放送などをすることは著作権法が認める場合を除き禁じられています。また、購入者以外の第三者が電子複製を行うことは一切認められておりません。

あつまる